KB121228

로크미디어가
유혹하는
재미있는 세상

ROK
MEDIA
로크미디어

예지몽으로 히든랭커 17

2022년 4월 13일 초판 1쇄 인쇄
2022년 4월 18일 초판 1쇄 발행

지은이 이현비
발행인 김정수 강준규

기획 이기헌 왕소현 박경무 강민구
책임편집 백승미
마케팅지원 이원선

발행처 (주)로크미디어
출판등록 2003년 3월 24일
주소 서울시 마포구 성암로 330 DMC첨단산업센터 318호
Tel (02)3273-5135 **편집** 070-7863-8595 **Fax** (02)3273-5134
홈페이지 rokmedia.com **E-mail** rokmedia@empas.com

© 이현비, 2021

값 8,000원

ISBN 979-11-354-6417-1 (17권)
ISBN 979-11-354-9382-9 04810 (세트)

예지몽으로 히든랭커

이현비 게임 판타지 장편소설 ⟨17⟩

CONTENTS

뒤처리

다음 날 아침, 토벌군은 차례대로 숙영지를 떠났다.

국왕을 포함한 수뇌부는 텔레포트 마법진을 이용할 예정이고 나머지는 도보 혹은 말을 타고 일단 소속된 부대나 영지로 돌아간다고 했다.

가온은 국왕과 1왕녀 일행을 큰길까지 배웅했다.

"정말 이곳에 남을 생각인가?"

구르텐 국왕은 같이 움직이자고 권유했지만 며칠 더 이곳에서 머무르겠다고 고집하는 가온이 답답한 모양이다.

"휴식이 간절하기도 하지만 던전이 소멸되는 것을 확인하고 싶습니다."

한 층이 아니라 5층으로 이루어진 거대 던전이라 어떻게 소멸되는지 직접 지켜보고 싶다고 했다.

"그럼 확인을 한 후 토레토 온천으로 가는 건 확실한 거지?"

국왕의 물음에 1왕녀가 관심을 보이는 것이 느껴졌다.

"네. 한동안 그곳에서 쉬면서 다음 행보를 고민할 생각입니다."

"흠. 온 클랜의 거취에 대해 궁금해할 이들이 많을 텐데 속이 좀 타겠네."

그건 가온도 예상하는 바였다. 점보 던전의 네 개 층에서 클리어에 결정적인 임무를 수행했으니 말이다.

"아무튼 자네가 온천에 도착할 때에 맞추어 나도 갈 테니 기다리고 있으라고."

전날 함께 술을 마신 시간이 어지간히 즐거웠는지 국왕은 기대감을 숨기지 않는 얼굴로 당부했다.

가온은 자신을 슬쩍 보는 1왕녀의 눈빛에 기대감과 만족감이 깃든 것을 느끼며 좀 이상한 생각이 들었다.

'왜 자꾸 1왕녀가 의식되는 거지?'

자신을 향한 그녀의 관심을 의식해서가 아니다. 면사 때문에 얼굴조차 보지 못했는데 왜 신경이 쓰이는지 모르겠다.

아무튼 토레토 온천행은 지금 이 시점에서 꼭 필요했다.

사실 휴식도 필요했지만 새로운 차원에 대한 정보를 들은 후 대원들은 마음의 갈피를 잡지 못하고 있었다.

원래 가온이나 퍼슨을 제외하면 다들 새로운 차원에 대한 열망이 가득했었다. 그곳에서 비약적인 성장의 기회를 얻을 수 있다는 소문 때문이었다.

하지만 차원을 건너가는 것은 1왕녀의 말대로 마나를 더 빠르게 축적할 수 있다는 장점은 있지만, 적격자가 아닐 경우 자신에게 필요한 조언이나 조력도 받지 못한다.

그러니 굳이 위험을 무릅쓰고 차원 이동을 감행해야 할 필요성이 낮아졌다.

특히 나크 훈을 비롯한 고문들의 경우에는 뭔가 새로운 것을 배우고 익히는 것보다는 일단 원하던 경지에 올라섰으니 단단하게 다지는 과정이 더 필요했다.

그래서 고문들의 경우 차원 이동에 부정적으로 태도가 변했는데, 검기 완숙자들을 포함한 다른 대원들의 경우는 좀 달랐다.

지금까지도 엄청나게 빠른 속도로 성장을 해 왔지만 원래 인간은 만족을 모르는 존재가 아닌가. 가능하다면 더 빨리 원하는 경지에 오르고 싶은 것이다.

어쨌든 가온은 대원들에게 이곳에서 쉬든 다른 곳에 방문을 하든 원하는 대로 시간을 보내고 일주일 후에 이곳에 다시 모이라는 지시를 내렸다.

"대장님, 차라리 함께 온천에 가서 쉬면서 고민을 하면 안 될까요?"

그렇게 묻는 나디아는 가온이 이곳에 머무르려는 것이 이해가 가지 않는 얼굴이었다.

"그냥 이곳에서 할 일이 있다고 생각해 주면 좋겠어."

"알겠어요. 그런데 우리 대장님은 너무 비밀이 많아요."

나디아는 그렇게 툴툴거렸지만 애교가 가득한 얼굴로 가온에 대한 호감을 전혀 숨기지 않았다.

물론 이성에 대한 호감도 있었지만 눈빛에는 경의에 가까운 감정이 담겨 있어서 눈여겨본 사람이 아니면 느끼지 못했다.

"아무튼 여러분은 이곳에서 일주일 정도 쉰다고 생각하십시오. 난 볼일이 있어 좀 많이 돌아다닐 겁니다. 밤에 돌아오지 않을 수도 있고요."

가온은 마지막으로 미노스를 보며 말했다.

"너무 걱정 하지 마십시오. 알아서 시간을 보내겠습니다."

미노스는 빠르게 온 클랜의 부대장 역할을 수행하고 있었는데, 놀라운 점은 기존 온 클랜원들이 거부감을 품지 않는다는 것이다.

그만큼 친화력도 좋거니와 지도력도 뛰어났기에 반 홀랜드가 마음을 놓고 자리를 비웠을 것이다.

기존 대원들은 가온의 이런 결정을 전혀 이상하게 여기지 않았다. 이전에도 홀로 처리하거나 수련하느라 자리를 비우는 경우가 많았기 때문이다.

마노스에게 뒷일을 맡긴 가온은 숙영지를 벗어나자 바로 투명날개를 장착해서 하늘로 날아올랐다.

행선지는 라티르 왕국의 3층 던전이다.

'겔루아비스의 진혈을 남김없이 챙겨야지.'

투명날개라는 아이템이 자신의 전력을 얼마나 높여 주었는지 경험을 통해 확실하게 깨달은 가온은 거대화한 상태에서 조인족처럼 비행이 가능하게 만들어 주는 겔루아비스의 진혈을 욕심낼 수밖에 없었다.

사람들의 눈을 의식할 수밖에 없었던 이전과 달리 이젠 그럴 필요가 없었기에 마탑의 텔레포트를 이용할 필요도 없었다.

가온은 녹스에게 부탁해서 곧바로 던전 게이트 앞까지 공간 이동을 한 직후 투명화 스킬을 사용해서 모습을 감추었다.

'굳이 투명화 스킬을 사용할 필요가 없었나?'

게이트 주위에 있던 기지는 이미 폐쇄되었다. 곧 소멸할 예정이고 어떤 일이 벌어질지 모르니 멀리에서 지켜보는 눈은 있을지 몰라도 게이트의 병력은 철수시킨 것이다.

게이트 안으로 들어가자 차가운 공기가 콧속으로 확 들어왔다.

가온은 게이트에서 멀리 들어가지 않은 장소에서 모둔을 소환했다.

'모둔, 여기는 어때?'

─생각보다 기온이 높은 편이라서 빈 구슬에 한기를 채워넣으려면 시간이 좀 걸릴 것 같아요.

'그래? 그럼 조금 더 들어갈게.'

가온은 녹스에게 부탁해서 아예 겔루아비스들이 서식하는 산악지대로 이동했다.

애초 염두에 둔 곳은 이 던전의 보스인 설인들이 서식했던 곳인데 그곳에 차원석이 있었을 테니 벌써 붕괴되고 있을 것이 틀림없었다.

─적당해요. 여기라면 아까 그 장소에 비해서 한기를 채우는 데 열 배 정도는 빠를 것 같아요.

일반인이라면 두꺼운 방어구를 입고 있음에도 뼛속까지 차가워진다고 느낄 정도로 기온이 낮았다. 산골짜기를 통과하는 바람도 무척 강했다.

'한빙구 천 개를 만들려면 얼마나 걸릴까?'

─하루 반 정도면 될 것 같아요. 대신 위력은 기존의 한빙구에 비해 두 배가량 높아질 거고요.

그 정도의 결과물이라면 하루 반이 아니라 열흘도 기다릴 수 있었다.

'그럼 이곳에서 한빙구를 좀 만들어 줘.'

─네, 걱정 마시고 사냥 잘하고 오세요.

가온은 뾰족한 산봉우리에 모둔을 놔두고 일전에 발견한

젤루아비스의 서식지인 절벽 지대로 이동했다.

수직 절벽은 한 번 사냥했던 젤루아비스들이 서식하던 협곡보다 훨씬 더 높아서 그런지 아니면 해당 부분에 균열이 많아서 그런지 둥지가 중간 위치에 있었다.

마침 주행성인 젤루아비스가 먹이활동을 할 시간이라 절벽 중간에 줄지어 있는 둥지에는 새끼들과 성체 몇 마리만이 남아 있었다.

'일단 저놈들부터 처리하자.'

어차피 던전이 재생성이 되면 다시 나타날 녀석들이니 마음이 불편하지도 않았다.

'아! 거대화 스킬을 한번 써 봐야지.'

핏속에 녹아 있는 젤루아비스의 진혈을 활성화시키는 순간 가온의 키가 5미터가 넘게 커지고 몸집도 그에 맞추어 거대화되었다.

압권은 접으면 몸통을 완벽하게 가릴 정도로 거대한 날개였다.

깃털이 가득한 커다란 날개를 움직여 본 가온은 전신이 너무 가벼우면서도 힘이 가득 찬 것 같은 고양감을 느낄 수 있었다.

날개를 힘껏 움직이는 것만으로 순식간에 10여 미터를 움직일 정도로 비행 능력이 높아졌다.

거대화 스킬의 효능인지 더 이상 추위를 느낄 수 없었다.

찬 바람이 너무 시원하게 느껴질 정도였다.

'그럼 사냥을 시작해 볼까.'

날개를 가볍게 흔드는 움직임만으로 바로 비상한 가온은 서식지를 향했고 곧 겔루아비스 다섯 마리의 공격을 받았다.

놈들은 먼저 초저주파 피어를 발현했지만 거대화한 가온에게는 별 충격을 주지 못했다. 거대화에 따른 변화 중 하나인 것 같았다.

그러자 놈들은 다른 공격을 시도했다.

쐐액!

보스급이 아님에도 냉기 브레스를 사용하는 놈들은 본능적으로 적인 가온이 움직일 수 있는 공간에 화망을 집중시켰다.

다섯 줄기의 냉기가 가온을 향해 날아왔는데, 둘은 그를 직접 노렸고 셋은 그를 중심으로 삼각형의 꼭짓점을 이루었다.

좀 놀랍기는 했지만 이 정도로는 가온에게 의미 있는 피해를 줄 수는 없었다.

크게 날개를 퍼덕이는 것만으로 놈들의 브레스 범위를 벗어난 가온의 양 손가락에서 마나탄이 발사되었다.

슉! 슉!

각기 다른 두 마리를 향해 두 발씩의 마나탄이 빛살처럼 날아갔다.

냉기 브레스를 펼치려면 어쩔 수 없이 체공을 해야 하기 때문에 겔루아비스들은 동체시력을 뛰어넘는 속도로 날아오는 마나탄을 피하지 못했다.

퍽! 퍽!

마나탄은 두 놈의 머리와 심장 부위를 뚫고 들어가는 순간 강렬한 열기를 방출했다. 화기로 이루어진 마나탄이었다.

순식간에 뇌와 심장이 타 버린 겔루아비스 두 마리는 힘없이 절벽 아래로 추락했고 수거를 위해 소환해 둔 앙헬의 아공간으로 사라졌다.

'역시 마나탄이 최고군.'

이 던전에서 얻은 드워프제 마나포도 강력한 위력을 가지고 있었지만, 크기가 작을 뿐 마나포의 공격력이나 효용성이 훨씬 더 높았다.

가온은 나머지 성체 겔루아비스 세 마리가 어떤 반응도 하기 전에 마찬가지로 마나탄을 연사해서 죽여 버린 후 일일이 둥지를 찾아다니며 새끼들까지 사냥했다.

그리고 잠시 쉬면서 보상을 기대했는데 내용이 아주 실망스럽다.

'젠장!'

의뢰를 완수하면서 레벨이 더 올라서 그런지 이젠 레벨이 겨우 1밖에 안 오른다. 그나마도 다섯 마리 중 한 마리가 몸집이 좀 커서 이 정도다.

바로 마음을 가라앉힌 가온은 둥지를 수색하기 시작했다.

사냥을 나간 놈들이 돌아오기 전에 놈들이 먹어 치운 마수나 몬스터의 뼈와 같은 재료 아이템이라도 챙길 생각이었다.

수색의 결과는 좋지 않았다. 워낙 식성이 좋은 놈들이라서 그런지 성한 뼈가 거의 없었다.

그나마 건진 것은 겔루아비스의 깃털이었다. 털갈이를 할 때 빠진 것으로 보이는 깃털의 깃은 강도가 강철보다 높으면서도 아주 가벼워서 잘만 사용하면 좋은 무기가 될 것 같았다.

그렇게 깃털을 어느 정도 챙겼을 때 사냥을 나갔던 겔루아비스들이 한 마리씩 돌아왔다.

'제대로 도와주는군.'

비행 마수들은 대개 무리를 지어 사냥을 한다. 새끼를 포함해서 서너 마리가 일반적이며 먹잇감이 많을 경우에는 수십 마리로 무리를 이루기도 한다.

그런데 겔루아비스는 단독 사냥을 하는 모양인지 한 마리씩 귀환하고 있었다.

미리 절벽 위의 거대한 바위 뒤 대기하고 있다가 놈이 가까워지는 순간 쏜살같이 하강하면서 마나탄을 발사하니 백발백중이다.

설사 하강하는 가온의 존재를 감지했다고 해도 둥지 근처라 이미 비행 속도를 늦춘 상황이어서 빠르게 대응할 수 없었고 마나탄의 속도는 피할 수 있는 것이 아니었다.

그건 보스급이라고 해도 다를 바가 없었다. 일반 개체보다 조금 더 빨리 이상을 감지했지만, 그 정도로 가온의 공격을 피할 수는 없었다.

게다가 죽어 추락하는 순간 앙헬이 기다렸다는 듯 잡아채서 아공간에 집어넣어 버리니 뒤따르는 놈들도 누군가 자신들을 사냥한다는 사실을 눈치채지 못했다.

지난번에 협곡에 서식하는 놈들을 사냥할 때보다 시간은 좀 많이 걸렸지만 오히려 더 쉬웠다.

그렇게 가온은 정오가 되기 전까지 100마리가 넘는 겔루아비스를 모두 사냥할 수 있었다.

'겨우 3레벨이 올랐네.'

이젠 겔루아비스 정도로는 레벨을 올리기 어려웠다.

레벨 업 결과는 마음에 들지 않았지만 그래도 보스급 세 마리로부터 획득한 진혈 세 병만으로도 사냥한 보람이 있었다.

⟨⟩

가온은 이틀 동안 던전을 샅샅이 수색해서 겔루아비스 사냥에 전념했다.

결과는 만족스러웠다. 총 일곱 무리를 사냥해서 레벨은 11

이 올랐고, 진혈은 총 스무 병을 얻은 것이다.

사체와 마정석은 덤이었다.

진혈을 모두 복용한 결과 비행체로 거대화했을 때의 키는 무려 10미터까지 커졌고 젤루아비스를 권속으로 받아들일 수 있다는 홀로그램까지 떴다.

가온은 젤루아비스를 권속으로 만들어 보려고 했지만 안타깝게도 던전에 더 이상 남아 있는 놈들은 없었다. 모조리 사냥해 버린 것이다.

비록 젤루아비스처럼 냉기 브레스는 사용할 수 없었지만 고속 비행이 가능한 거대 조인족으로 변신할 수 있게 된 것만으로도 가온은 충분히 만족했다.

이제 마나탄이나 무기를 쓰지 않고도 와이번 정도는 어렵지 않게 사냥할 수 있게 된 것이다.

게다가 또 다른 과실도 있었다. 무려 1천 개나 되는 한빙구가 바로 그것이었다.

모둔이 장담하길 갓상점에서 구입한 한빙구에 비해 한기의 위력이 두 배에 달한다니 잘만 활용한다면 큰 위력을 발휘할 것이다.

다음은 열화구를 만들고 녹스의 부탁을 들어줄 차례다.

가온은 이틀 만에 다시 던전 2층으로 돌아갔다.

한편 대원들은 나름대로 의미 있는 시간을 보내고 있었다.

가온은 푹 쉬라고 했지만 이제까지 해 온 루틴이 아예 몸에 배어 있어 푹 쉰 건 하루에 불과했다.

다음 날 새벽이 되자 누가 시키지도 않았는데 다들 일어나서 늘 해 오던 대로 루틴을 맞추어 수련을 시작했다.

구르텐 국왕과 1왕녀는 혹시 온 클랜이 약속을 지키지 않을까 봐 걱정이 되었는지 온천으로 향할 때 안내를 할 인원을 남겨 두었다.

특수한 임무에만 투입이 되는 근위기사 20명과 수장으로 고우트 백작이 남았다.

그들 역시 기사라 수련이 일상인지라 아침 식사를 마친 후에는 온 클랜의 훈련을 따라 했는데, 밤늦은 시간이 되어서야 훈련이 끝났다.

"이러니 강해질 수밖에 없지."

고우트 백작은 혀를 내둘렀다. 자신도 나름 열심히 수련을 해 왔다고 자신했지만 온 클랜의 훈련은 검기 완숙자인 그조차 힘겨울 정도로 빡빡했다.

더욱 놀라운 사실도 있었다.

온 클랜원들은 훈련 중 휴식을 할 때마다 포션을 물처럼 들이켰는데, 높은 등급인지 바로 쌩쌩해지는 모습을 보여 주었다.

인원수와 포션 가격을 생각하면 온 클랜의 자금력이 얼마나 대단한지, 그리고 온 대장이 대원들의 전력 강화를 위해 얼마나 투자를 하는지 여실하게 알 수 있었다.

하지만 고우트 백작과 특수기사들이 가장 놀란 것은 따로 있었다.

"실전이나 다름없는 대련입니다."

"치료 포션도 풍족한 것 같지만 무엇보다 마법사나 사제의 치료 능력이 정말 대단합니다."

정말 상대를 죽일 생각으로 대련을 하는 건 아니지만 온 기량을 다해서 대련을 한다는 것 정도는 그들도 알 수 있었다.

실제로 온 클랜원들은 진검은 물론 마나까지 사용해서 대련을 하고 있었다.

특히 소드마스터들의 경우 오러 블레이드까지 사용할 정도로 살벌한 대련이었다. 일반 대원들의 경우 소드마스터들이 만약의 상황에 대비해서 끼어들 수 있었지만 그들은 그런 것이 없었다.

당연히 피가 튀고 뼈가 부러지는 부상자들이 속출했지만 대기하고 있던 마법사와 사제 들이 순식간에 치료해 버렸다.

그렇다고 대련만으로 끝나는 것이 아니었다. 대련 상대는 치료를 받은 후 내용을 복기하면서 공수의 장단점을 토론하고 고칠 방안을 고민하는 시간을 가졌다.

"대련 수준이 이 정도라면 굳이 실전 상대를 찾아서 돌아다닐 필요가 없을 것 같습니다."

"우리도 저런 실전 대련이 필요합니다."

"가장 인상적인 건 대련 후 혼자가 아니라 함께 복기하는 시간입니다. 객관적인 시각에서 자신의 스킬을 고찰할 수 있는 아주 귀중한 시간이라고 생각합니다."

특수기사들은 온 클랜원들이 이런 실전 대련을 통해서 빠르게 성장했다고 확신했다.

"어차피 며칠 동안 같이 있어야 하는데 우리도 대련에 합류하면 안 될까요?"

"철월검류를 상대해 보고 싶습니다."

강자에 대한 도전 의식과 성장에 대한 열정이 가득한 특수기사들의 부탁에 고우트 백작의 고민은 깊어졌다.

결국 그날 밤 고우트 백작은 미노스를 찾아가서 자신들도 대련에 참가하고 싶다고 부탁을 했다.

그럴 수밖에 없는 것이 온 클랜원들이 익힌 철월검류는 그들에게 생소한 검술이었고, 온 클랜에는 그들보다 높거나 비슷한 실력을 가진 이들이 많아서 대련만으로도 실력 상승에 큰 도움이 될 것으로 확신했다.

미노스는 짧게 회의를 열어서 대원들의 의견을 청취했고 다수결로 그들이 대련에 참가하는 것을 받아들였다.

기사들과의 결투나 대련 경험이 풍부한 나크 훈이나 제어컨은 나머지 대원들에게는 검이 아니라 주로 도를 사용하는 툴람의 기사들과의 대련이 유익할 거라고 판단한 것이다.

그렇게 온 클랜원들과 고우트 백작이 이끄는 특수기사들

이 수시로 대련을 하면서 수련에 매진했다.

가온은 이틀 만에 목적을 달성한 후 다시 숙영지로 돌아와
서 녹스와 카우마 그리고 모둔을 던전 안으로 들여보냈다.

녹스는 독기를 모아서 원하는 것보다 훨씬 더 많은 구슬을
만들었고, 카우마는 잠들기 전의 능력을 되찾기 위해서 열기
를 흡수하느라 여념이 없었다.

또한 모둔은 빈 구슬에 열기를 채워 열화구를 만들고도 시
간이 남아서 독 기운을 따로 모아서 구슬로 만들었다.

그러는 동안 가온은 세 마법사 대원을 따로 모아서 함께
연구하는 시간을 가졌다.

헤븐힐과 바로 그리고 매디는 대련에 푹 빠진 사람들을 치
료하느라 정신이 하나도 없었다.

물론 세 사람이 헛짓을 하는 건 아니었다. 치료 마법을 자
주 사용하면 당연히 해당 마법의 레벨이 높아지니 그들에게
도 도움이 되는 일이었다.

처음에는 마법사들이 모두 달려들어 치료를 해야 했지만,
대련하는 사례가 늘어나자 서로의 장단점을 파악했기에 상
대에게 큰 부상을 입히는 것이 힘들어서 치료 대상이 줄어들
었다.

그렇게 해서 시간이 난 탄 차원의 세 마법사였다.

당연히 그 아바타는 가온이 아니라 벼리가 주체였다. 그동안 리치에게 지도를 받은 마법 이론을 마법사들에게 강론하고 함께 마법을 연구하고 싶다고 했다.

마론과 시엥 그리고 나디아는 모두 3서클 이상의 마법사로 마탑 소속이 아니기 때문에 다양한 마법은 익혔지만 발전은 더딜 수밖에 없었다.

그런 세 사람에게 깊고 넓은 마법 이론과 마법의 공동 연구를 할 수 있는 시간은 무척이나 유용했다.

짧은 휴식과 수면 시간을 제외하면 내내 가온에게 이론 강습을 받고 서로 마법에 대해 토론하고 시연을 하는 과정에서 세 사람은 놀라운 기적을 경험했다.

세 사람 모두 앞서거니 뒤서거니 하면서 새로운 서클을 생성했다.

이미 경험 자체는 풍부했고 천연 영약을 장복한 덕분에 마력 축적량도 충분한 상태였으니, 마법 이론에 대한 깨달음만이 부족했던 세 사람이기에 얻을 수 있는 기회였다.

오랫동안 3서클이었다가 4서클이 된 시엥이나 나디아와 달리 마론의 경우. 불과 1년도 되지 않아서 4서클에 이어 5서클이 되었으니 굉장히 비정상적인 성장이었다.

다행히도 그들은 해당 서클의 기본 마법서 몇 권 정도는 갓상점에서 구입할 정도의 포인트는 쌓아 두고 있었다.

검사나 정령사 들의 실력에 비해 상대적으로 약했던 마법사들이었기에, 대원들은 진심으로 축하를 아끼지 않았다.

동료가 강해지면 의뢰를 수행하는 데 도움이 될 뿐 아니라 좀 더 안전해지니 클랜 입장에서도 큰 도움이 된다.

누구보다 샐리가 가장 기뻐했다. 자신의 성장보다 사랑하는 남자의 비약적인 성장이 기쁘고 자랑스러운 것 같았다.

헤븐힐과 바로도 세 동료의 성장을 진심으로 축하했다. 질투를 할 여지가 전혀 없었다.

위력은 약해도 서클과 관계없이 매직 북으로 마법을 익힐 수 있는 자신들과 달리 탄 차원의 세 동료는 한 단계 성장하려면 깨달음과 연구가 필요했다.

그사이에 벼리에게 아바타를 맡긴 가온은 간만의 휴식을 즐겼다.

천안 본가에 내려가서 오랜만에 부모님과 시간을 보냈고 나머지 시간은 벼리를 대신해서 집안일도 하면서 시간을 보냈다.

고등학교 친구들이나 대학 친구들을 만나려고 했지만 시간이 맞지 않아서 포기했다.

어나더 문두스가 완전히 자리를 잡은 지금은 거기에 빠져 있어서 다들 여유가 없었기 때문이다.

'이젠 어나더 문두스가 완전히 생활에 녹아들었네.'

가상현실 게임은 인구 감소와 일상적인 전염병 사태 등으로 성장의 한계에 부딪힌 기존 산업을 대신해서 필수불가결한 산업이 된 것이다.

일주일 후, 가온은 다음 날 아침에 구르텐 국왕과 약속한 대로 토레토 온천으로 출발한다고 알렸다.

그런데 그 결정을 반겨야 할 고우트 백작과 근위기사들의 반응이 영 미지근했다.

'뭔가 아쉬워하는 것 같은데. 우리 대원들과 함께 수련하는 것이 좋았나?'

가온의 예상이 맞았다.

그들은 처음에는 다른 토벌군과 달리 온 클랜 때문에 늦게 귀환하게 된 상황에 불편한 심경을 감추지 못했었다.

하지만 상황이 바뀌었다. 6일 동안 빡빡한 수련과 함께 강자들과 실전에 가까운 실전 대련을 통해서 자신들도 실감할 수 있을 정도로 실력이 상승한 것이다.

그러니 아쉬울 수밖에 없었다.

일단 자신들이 주체도 아니고 결정이 내려졌으니 할 수 없었다.

그래도 그동안 함께 땀을 흘리며 수련한 정이 있어 그날 밤에는 술자리가 마련되었다.

"온 경, 알려 줄 것이 있네."

고우트 백작은 던전을 나온 이후 가온은 물론 고문들에게 이전과 달리 상당히 조심하는 태도를 보였다.

온 클랜을 툴람 왕국에 정착시키려는 국왕과 1왕녀의 의도를 알게 되어서가 아니라 함께 시간을 보내며 그들의 강함을 몸소 경험했기에 태도가 바뀔 수밖에 없었다.

"뭡니까?"

"일단 추드론 시티에서 온 경을 기다리던 손님들은 모두 철수했네."

"그럼 우리가 던전에 들어간 후에도 손님들이 가지 않았던 겁니까?"

"그렇다네."

그들의 목적이야 자명했다. 작위나 영지 혹은 보물로 온 클랜을 어떻게든 자신의 나라에 정착시키려는 것일 것이다.

물론 그들이 원하는 것은 따로 있었다.

'필경 토벌을 맡길 테지. 그런데 마수나 몬스터 토벌에는 별 관심이 없는데.'

자신이야 이곳 사람도 아니니 당연히 작위나 영지에도 큰 관심이 없었다.

만약 욕심을 좀 부린다면 영지를 받지 못했던 스승님이나 제어컨 고문이 영지를 가진 계승 귀족이 되는 정도였는데 그런 가온의 마음을 충족시키는 나라는 없었다.

"국왕 전하께서 온 클랜은 다른 볼일이 있어 이동식 공간 이동 마도구를 이용해서 자신들보다 먼저 떠났다고 거짓말을 하셨네."

가온은 쓴웃음을 지었다. 구르텐 국왕이 왜 그랬는지 충분히 짐작했기 때문이다.

'온 클랜을 어떻게든 설득하려는 기회를 잡으려는 거겠지.'

하지만 그럼에도 미움이나 원망은 들지 않았다. 아니, 오히려 거절하기 어려운 난감한 상황을 피하게 만들어 주어서 고마웠다.

다른 국가들도 자신들에게 이런저런 제의를 하겠지만, 꼭 해야 한다면 인간적인 대접을 해 주었을 뿐 아니라 소탈하고 순수한 성격을 가진 이들이 많은 툴람 왕국과 하는 편이 좋을 것 같다.

앞으로의 거취는 대원들과 상의를 해 봐야겠지만 대충 애기를 들었는데 자신과 비슷한 생각을 하는 것 같았다.

마탑의 의뢰

옆에서 대화를 듣고 있던 나크 훈과 제어컨도 고우트 백작의 말에 안도하는 얼굴이 되었다.

"안 그래도 기다리고 있을까 봐 걱정했는데 잘됐군."

"그러게. 나는 특히 라헨드라 님을 만나면 무슨 얘기를 어떻게 해야 할지 난감했는데, 잘됐어."

라헨드라와 친분이 있는 나크 훈과 제어컨도 가온과 비슷한 마음인지 얼굴이 밝아졌다.

"그나저나 오트 왕국 쪽의 던전은 어떻게 되었습니까?"

그쪽은 마탑들과 신전들이 대거 합류했다고 들었는데 클리어 소식은 못 들었다.

"안 그래도 다들 궁금해하고 있는데 클리어 소식은 없네.

아직 보스가 있는 곳에도 도착하지 못했고 꽤 큰 피해를 입었다는 사실 정도만 알려졌네."

해당 던전은 천공 던전으로 불렸다. 공중에 거대한 부유섬이 떠 있는 그런 환경이었다.

'어쩌면 다섯 층의 던전에서 가장 피해가 났을지도 모르겠네.'

예지몽을 떠올려 보면 점보 던전은 클리어되어 플레이어들에게도 개방이 되었지만 다섯 개의 왕국은 물론 마탑과 신전 들도 제대로 활동을 하지 않았다.

그래서 플레이어들이 마음껏 활개를 치고 다녔고 마수와 몬스터 들도 마구 날뛰었다.

'원래 마수나 몬스터 토벌과 같은 일에는 거의 신경을 쓰지 않는 마탑과 신전 들은 몰라도 오트 왕국은 점보 던전에서 큰 피해를 입은 것이 틀림없어.'

자신과 온 클랜의 개입이 없었다면 상황은 예지몽대로 흘러갔을지도 모른다.

어쨌거나 오트 왕국의 정예에 마탑과 신전 들이 가세했으니 어느 정도 피해를 입더라도 클리어할 것은 확실했다.

"아무튼 큰 피해 없이 클리어되었으면 좋겠습니다."

"나도 그러길 바라네."

고우트 백작의 말은 진심이었다.

점보 던전이 위치한 네룬산을 중심으로 다섯 방위에 위치한 5국 연합이기에 한 곳이 무너지면 필연적으로 다른 나라들도 위험해질 수밖에 없었다.

고우트 백작 일행과 온 클랜원들은 너무 늦지 않은 시간까지 술을 함께 마시면서 그간에 쌓은 정을 나누었다.

다음 날 아침, 헤븐힐 일행이 접속하자 온 클랜과 고우트 백작 일행은 바로 숙영지를 벗어나서 추드론 시티로 향했다.

그런데 추드론 시티에 진입해서 바람의 마탑 지부에 도착했을 때 생각지도 않았던 손님들이 온 클랜을 기다리고 있었다.

"온 클랜의 온 훈입니다. 바람의 마탑에서 나오셨다고요?"

일전에 이곳에 도착했을 때 텔레포트 마법진을 관리하는 마법사가 바람의 마탑 탑주가 직접 통신을 하고자 한다는 말을 했던 사실이 이제야 떠올랐다.

'실례를 저질렀네.'

어쩌면 일국의 국왕보다 더한 위세를 떨치고 있는 마탑의 탑주가 부탁했던 일, 즉 통신하는 것을 잊고 만 것이다.

하지만 다행하게도 상대의 태도를 보아하니 그 점을 탓하려는 것은 아닌 것 같았다.

"마탑의 골치 아픈 외부 업무를 책임지고 있는 네오릴이라고 해요. 위명이 쟁쟁한 온 클랜의 온 대장을 만나게 되어 반가워요."

얼굴도 그렇고 몸매도 무척 후덕해 보이는 중년의 여마법사가 정중하게 자신을 소개했는데, 웃는 모습이 참 선해 보여서 마음을 편안하게 만들었다.

"네오릴 님은 본 마탑에서 가장 빨리 6서클에 오르신 마도사이십니다."

안면이 있는 마탑의 마법사가 혹시 가온이 실례를 저지를까 두려운지 추가로 설명을 했다.

"할 일이 남아 있어 클리어한 후에도 던전 근처에 머물러야 했기에 탑주께서 통신을 요청하신 것을 깜빡 잊고 말았습니다. 큰 실례를 저질렀습니다."

가온은 네오릴에게 사과했다.

"아니에요! 온 클랜이 얼마나 바빴는지 저희도 잘 알고 있는걸요. 점보 던전의 네 개 층에서 던전 클리어에 핵심적인 의뢰를 수행했다지요?"

"다행히 일이 잘 풀렸습니다. 운도 좋았고요."

"운은 아니지요. 세상이 온 클랜에 대한 소문으로 무척 시끄러워요. 우리 마탑도 그렇고요. 장로님들도 만나기만 하면 온 클랜 얘기를 한답니다."

그냥 하는 얘기 같지는 않았지만 딱히 대구할 말이 궁해서 그냥 미소만 지었다.

"툴람 왕국의 원래 의뢰는 물론 토벌군이 무사히 던전을 빠져나올 수 있도록 안전한 길을 여는 어려운 의뢰까지 완수했다는 얘기도 들었어요."

"그래도 이곳에 사람을 보내 좀 늦는다고 전언이라도 보냈어야 했는데……."

가온은 진심으로 미안하기도 했거니와 탄 차원에서 오래 활동하기 위해서는 바람의 마탑과 같은 거대 세력과 척져서는 안 되었기에 미안한 마음을 표현했다.

"연락이 좀 늦은 것은 탑주께서도 신경 쓰지 않으실 테니 더 이상 사과하지 않으셔도 돼요. 그리고 통신을 하고 싶었던 건 본인이니 크게 괘념치 않으셔도 된답니다."

"그렇다면 안심해도 되겠군요."

"사실 마탑 차원에서 의뢰할 것이 있어서 통신을 원했는데 생각해 보니 통신으로 나눌 얘기가 아니라는 판단이 내려져서 제가 직접 와서 기다리고 있었어요."

바람의 마탑과 같은 거대 세력의 외부 업무를 책임지는 수뇌부가 할 의뢰란 대체 뭘까?

온 클랜원들은 물론 고우트 백작 일행도 큰 관심을 가질 수밖에 없었다.

"이럴 것이 아니라 안으로 들어가서 얘기를 나누도록 하지요. 회의실에 차를 준비해 두었어요."

바람의 마탑에서 수뇌부까지 직접 와서 이렇게까지 정중하게 맞이하는 것을 보면 보통 일은 아닌 것 같다.

일전에 1왕녀와 만나 애기를 나누었던 회의실에 자리를 잡자 네오릴이 먼저 용건을 꺼냈다.

"사실 온 클랜에 하나의 의뢰를 하고 하나의 부탁을 드리려고 해요."

"어떤 의뢰입니까?"

"아시는지 모르겠지만 우리 바람의 마탑은 오트 왕국의 요청에 따라 던전에 다수의 마법사를 파견했어요. 다른 마탑들도 참여했고요."

"그랬군요."

마탑과 신전 들이 대거 천공 던전에 들어가 있다는 사실은 알고 있었지만 자세히는 몰랐다.

"그 때문에 임시지만 마탑 연합과 신전 연합이 결성되어 5만의 토벌군과 함께 부유 섬을 공략하기로 했지요."

"맙소사! 마탑 연합과 신전 연합이라니."

나디아가 참지 못하고 소리쳤다.

'루' 여신은 다른 형상으로 현신하지만 유일신이나 다름없기에 신전 연합은 이해가 갔지만 그 어떤 단체보다 이기적인 마탑이 연합했다는 사실은 충격적이었다.

"마탑 연합이라곤 하지만 주도한 우리 바람의 마탑을 제외한 다른 마탑은 중견급으로 겨우 30여 명씩만 파견해서 사실 유명무실해요."

중견급이라면 3서클과 4서클 마법사를 말한다. 즉, 다른 마탑에서는 5서클 이상의 고위급 마법사를 아예 파견하지 않았다는 얘기였다.

"게다가 참가한 마탑도 원소계 마탑에 국한될 뿐이에요."

그럼 물과 불, 대지의 마탑밖에 없으니 채 백 명도 안 되는 것이다.

"그것도 오트 왕국이 마나석의 주요 산지가 아니었다면 나서지 않았을 거예요."

생각해 보니 오트 왕국은 5국 연합에서 거의 유일하게 마나석 광산들을 소유하고 있었다.

마나석은 마나를 품고 있는 보석으로 마정석과 달리 사냥을 하지 않고 채굴로 쉽게 얻을 수 있었지만 오트 왕국을 제외하고는 큰 광산이 없었다.

"신전들도 성수와 포션의 필수적인 재료인 오트 폰타나가 아니었으면 나서지 않았을 거고요."

오트 폰타나는 오트 왕국에서만 나는 지하수로 지구로 표현하면 약수인데, 신전에서만 판매하는 성수의 가장 중요한 재료였다.

바람의 마탑과 헌신의 신전은 본전이 오트 왕국에 있기 때문에 어쩔 수 없이 토벌에 주도적으로 참가한 것이고 다른 마탑과 신전 들은 마나석과 약수 때문에 얼마 안 되는 전력만 파견한 것이다.

가온은 이제야 마탑과 신전 들이 명목에 불과하지만 연합까지 해서 오트 왕국을 돕는 이유와 아직 던전이 공략되지 않은 이유를 짐작할 수 있었다.

만약 마탑과 신전 들이 적극적으로 토벌에 참여했다면 벌써 던전은 클리어되었을 것이 분명했다.

"던전에 대해서 자세한 얘기를 듣고 싶습니다."

던전 공략에 대한 의뢰라는 사실을 알게 된 순간, 이젠 한동안 휴식할 거라고 기대했던 대원들은 실망하는 기색이 역력했지만 가온은 오히려 가슴이 뛰었다.

'천공 던전까지 들어간다면 점보 던전의 모든 층에 들어가는 거야. 어쩌면 추가 보상을 받을지도 몰라.'

비록 의뢰를 수행한 형태지만 온 클랜은 이미 네 개의 던전에서 나름 핵심적인 역할을 했다. 그러니 마지막 던전에서도 비슷한 활약을 한다면 추가로 보상을 받을 확률이 높았다.

대원 중에서도 가온과 비슷한 생각을 한 이들이 있었다.

'역시!'

잠시 실망했던 매디와 바로 그리고 나디아의 눈빛이 어느새 초롱초롱해지더니 가온을 보고 고개를 작게 끄덕였다.

"천공 던전 내부에 있는 부유 섬의 주요 마수는 블랙 켄타우로스예요. 체고와 몸길이가 사람 키의 두 배가 넘는데 활과 대검을 주로 사용하고 전사 계급의 경우 항마력을 가지고 있으며 마나를 사용하는데, 어지간한 상처는 금방 자가 치료를 할 수 있는 능력이 있지요."

체고나 몸길이가 사람 키의 두 배라면 대략 3미터 이상이니 굉장히 몸집이 컸다.

"숫자와 전투력은 어느 정도입니까?"

"검광 완숙자의 전투력을 지닌 전사 켄타우로스는 대략 1만 정도이며 10마리, 50마리, 100마리 단위로 움직이는 것이 보통인데, 그런 무리의 대장은 각각 검기 입문자, 검기 실력자, 검기 완숙자에 해당하는 전투력을 가지고 있어요."

생각보다 더 강력한 전력이다. 네오릴의 설명이 맞는다면 검기 완숙자 경지만 무려 100마리나 되는 것이다. 그것도 마법에 저항력이 높은.

그래도 좀 이상했다. 오트의 정예병과 기사들이 포함되었을 토벌군이 5만 명에 달하며 마탑 연합과 신전 연합이 파견한 마법사와 사제 들을 생각하면 아직 공략을 못 한 것이 오히려 이해가 가질 않았다.

그런 가온의 표정을 읽었는지 네오릴이 입술을 한번 질겅거리다가 다시 입을 열었다.

"부끄럽지만 우리는 현재까지 불과 2천여 마리밖에 사냥하지 못했어요. 대신 피해는 그 세 배가 넘고요. 심지어 마법사와 사제 들도 상당한 피해를 입었어요."

아무래도 네오릴이 말하는 피해란 사망자를 말하는 것 같은데, 제대로 된 회전도 벌이지 않았는데 그 정도의 피해를 받았다면 상황이 아주 심각했다.

"켄타우로스들에게 특별한 능력이 더 있는 겁니까?"

"놈들은 아주 영악할 뿐 아니라 강력한 기동력을 가지고 있어요. 피해를 감수하고 밤마다 숙영지를 기습하는데, 달리는 속도가 워낙 빠른 데다 활과 창을 능숙하게 사용하기 때문에 토벌군이 제대로 쉴 수가 없어 시간이 갈수록 전력이 약화되고 있어요. 게다가 마법사와 사제 들은 놈들의 최우선 공격 목표라서 제대로 능력도 발휘하지 못하는 상황이에요."

빠른 기동력을 이용해서 사거리 안까지 빠르게 접근해서 화살 세례를 쏟아붓고 빠르게 후퇴하는 방식으로 토벌군의 힘을 빼고 있다는 얘기였다.

"그래도 숫자를 이용해서 함정을 파거나 매복을 하면 되지 않을까요?"

궁금증을 참다못한 나디아가 조심스럽게 물었다.

"당연히 해 봤지요. 그런데 놈들의 감각이 너무 뛰어나요. 시력은 물론 후각까지 뛰어나서 함정이나 매복을 기가 막히게 찾아내더라고요. 매복의 경우 오히려 대규모 부대를 동원해서 본대가 지원하기 전에 순식간에 전멸시키고 놀라운 기동력으로 도망쳐 버리는 경우가 많았어요."

"이쪽도 말을 이용하면 안 되나요?"

"주력이 우리 세상의 전투마보다 두 배 이상 빨라요. 게다가 마수라서 그런지 전투마도 놈들과 맞닥뜨리면 공포에 질려 뒷걸음치기 일쑤고요."

"부유 섬의 크기는 어떻게 됩니까?"

이번에는 가온이 물었다.

"오트 왕국의 10분의 1 정도는 되는 것 같아요. 섬 전체가 숲이 거의 없는 초원지대고요."

오트 왕국의 영토는 아그레시아 왕국만큼이나 크기에 10분의 1이라고 해도 꽤 넓다. 그러니 토벌군의 숫자로는 주력이 빠른 놈들을 압박해서 한곳으로 모으는 것도 불가능에 가까웠다.

'골치 아픈 상황이네. 아무래도 의뢰 내용이 쉽지 않을 것 같네.'

생각은 그랬지만 그래도 점보 던전의 모든 층을 클리어하는 과정에서 의미가 있는 업적을 세워야 추가 보상을 받을 수 있으니 좀 더 많은 정보를 알아야만 했다.

"정말 마법이 전혀 안 통합니까?"

아무리 항마력이 있고 주력이 빠른 놈들이라고 해도 마법사와 사제 들이 전혀 활약을 못 한다는 건 이해가 가질 않았다.

풍계 마법의 경우만 하더라도 6서클 마도사라면 마법진의 보조를 받아서 좁은 범위에 한정되지만 블리자드 마법을 펼칠 수 있다.

온 클랜이 한빙구와 바람의 정령을 이용해서 블리자드 마법과 유사한 현상을 만들어 냈지만 블리자드 마법의 진정한 위력은 굉장했다.

또한 지속형 마법이라 마력 소모가 크지만 윈드 커터와 같은 마법은 고위급 마법사가 펼칠수록 위력도 강해지고 시전 거리도 멀어진다.

아무리 켄타우로스가 변종이라 능력이 뛰어나다고 해도 마법을 잘 활용하면 토벌 못 할 것이 없었다.

"이건 정말 부끄러운 말인데 놈들은 항마력, 즉, 마법 저항력이 아주 높아요. 윈드커터는 그나마 좀 통하지만 파이어필드 마법에 직격당한 놈도 죽지 않고 도망칠 정도니까요."

그렇게 말하는 네오릴은 참담한 얼굴이었지만 듣는 이들은 놀람과 충격을 감추지 못했다.

'3서클 마법에 직격당하고도 죽지 않는다니!'

그건 마법사는 물론 사제들에게도 큰 문제였다. 속성이 바람이든 신성력이든 마법이 제대로 통하지 않는다는 얘기이니 말이다.

"더구나 놈들은 초반에 몇 번 윈드커터나 블리자드 마법에 당한 후로는 마나의 유동을 감지하는 즉시 순식간에 마법 범위를 벗어나 버려요. 또한 놈들이 주로 사용하는 활도 그렇고 투창의 사거리가 엄청나게 길어서 마법사의 플라잉 마법을 손쉽게 무력화시킬 수 있어요."

항마력도 높고 멀리에서 마나의 유동을 감지할 수 있을 정도로 감각이 예민하니 바람의 마탑 소속 마법사들도 난감할 것이다.

게다가 하늘을 날 수 있는 플라잉 마법은 활용도가 무척 높은 마법이지만 치명적인 단점이 있었다.

'난다고 해도 지상에서 최고 100미터가 한계이고 비행 속도가 너무 느려서 숙련된 궁사에게는 밥이나 다름없어. 나처럼 자유롭게 비행할 수 없으면 원거리 공격에 무척 취약하지.'

게다가 플라잉 마법을 펼친 상태에서 다른 공격 마법이나 방어 마법을 펼치는 것은 쉽지 않다.

사실 멀티 캐스팅 자체는 마법이 아니라 스킬이다. 그래서 오랜 시간 동안 갈고닦으면 3서클 마법사도 충분히 구사할 수 있다.

'전쟁이 일상이었던 시대에는 전투 마법사나 용병 마법사 중에 멀티 캐스팅이 가능한 이들이 제법 있었지만 지금은……'

지력은 물론 집중력이 높아야만 입문할 수 있으며 오랜 시간을 들여서 수련해야 하기 때문에 평화기가 오래 지속되자 어느덧 사장되어 버렸다.

그래서 마탑 연합의 마법사들은 플라잉 마법을 이용해서 전투를 유리하게 만들 수가 없는 것이다.

"홀리필드와 같은 신성 마법진은 어떻습니까?"

"그게 참 이상해요. 분명히 마수임에도 불구하고 홀리필드에 별로 영향을 받지 않아요."

마수나 몬스터가 보유한 마나는 인간이 발휘하는 마나나 마력 그리고 신성력과는 성질이 많이 다르다.

현재까지의 연구에 따르면 그 마나는 생체보호막의 근원이 되며 정제되지 않은 성질로 인해서 보유한 생물로 하여금 사납고 공격적인 성향으로 만든다.

오랜 기간 수련을 해야 원하는 대로 발현할 수 있는 인간과 달리 마수와 몬스터 들은 본능적으로 사용할 수 있다는 점도 다르다.

하지만 마수와 몬스터는 홀리필드에서는 대략 3할 정도 디버프되는 것으로 알려졌다.

그런데 천공 던전에서는 홀리필드가 효과가 별로 없다는 것이다. 신전의 입장에서는 난감할 수밖에 없었다.

"후유! 우리도 토벌군을 도와 활약을 하고 싶지만, 지금은 사제들과 마법사들은 그저 힐러와 같은 역할만 하고 있어요."

뛰어난 기동력을 바탕으로 치고 빠지는 전술을 사용하는 데다가 감까지 좋아서 함정이나 매복에 걸리지 않는 적은 그만큼 상대하기가 힘들었다.

일단 궁금했던 것들을 어느 정도 들었으니 의뢰에 대해서 들어 봐야 했다.

"우리에게 어떤 것을 의뢰하실 생각입니까?"

"토벌군이 천마장이라고 부르는 개체 3마리, 백마장 30마리, 오십마장 60마리 그리고 십마장 300마리를 처리해 주세요."

블랙 켄타우로스 전사가 1만 마리라고 치면 수뇌부의 대략 3할에 해당하는 수를 사냥해 달라는 얘기였다.

일반 전사들은 의뢰에 들어 있지 않지만 온 클랜의 규모를 생각하면 당연히 굉장히 어려운 의뢰일 수밖에 없었다.

"쉽지 않은 의뢰라는 건 알아요. 그래서 보상으로 300만 골드와 바람 마법과 관련된 고대 유물 1개, 그리고 신성 마법과 관련된 고대 유물 1개를 드리겠어요."

바람의 마탑이 나서기는 했지만, 실제 의뢰의 주체인 오트 왕국과 마탑 연합 그리고 신전 연합이 모두 보상을 내놓은 것이다.

"호우!"

이번 의뢰에는 부정적이었던 대원들의 눈빛이 달라졌다.

일단 의뢰대금이 1.5배로 높아졌거니와 고대 유물도 두 점이나 된다. 그만큼 지금 세 세력은 온 클랜의 활약이 필요하다는 얘기였다.

대원들과 한 명씩 눈을 맞춘 가온이 결국 결정을 내렸다.

"좋습니다."

단순히 하늘을 나는 것이 아니라 비행이 가능한 자신의 능력에 대원들이 가세한다면 충분히 달성할 수 있는 의뢰였다.

고문들은 당장이라도 던전에 들어가고 싶은 얼굴이었고 나머지는 갈등은 되지만 그래도 욕심이 난다는 얼굴이었다.

"역시!"

네오릴은 굳이 기쁨을 감추지 않았다. 그만큼 천공 던전을 주도적으로 공략하고 있는 바람의 마탑 입장에서는 상황이 곤란했던 것이다.

─◈─

가온이 온천이 아니라 던전을 들어가겠다고 하자 구르텐 국왕의 명령을 받은 고우트 백작은 당연히 반발했다.

"온 경, 국왕 전하와의 약속을 저버릴 생각이오?"

"오트 왕국도 그렇고 바람의 마탑도 상황이 급하다지 않습니까. 쉬는 것이야 며칠 후로 미뤄도 되고요."

"하지만 그곳에 얼마나 오래 머무를지 알 수 없는데……."

고우트 백작은 온 클랜과 함께 있는 네오릴 마법사를 의식해서 일부러 말을 흐렸다.

"오래 걸리지 않을 겁니다."

"저, 정말 자신 있나?"

온 클랜의 능력은 자신도 인정하지만 오트 왕국은 물론 마탑 연합과 신전 연합까지 합세한 상황에서도 공략도가 그리

높지 않은 상황이다.

대체 뭘 믿고 자신하는지 모르겠다. 마음 같아서는 뭐라고 한소리를 해 주고 싶었지만, 온 클랜이 이제까지 완수한 의뢰들을 생각하면 근거가 있을 가능성이 높았다.

"가능성이 높지 않으면 아예 의뢰를 받아들이지 않았을 겁니다."

가온이 이렇게 자신하니 고우트 백작으로서는 더 만류할 수도 없었다.

마음 같아서는 일단 구르텐 국왕에게 연락을 해 보고 결정하라고 압박을 하고 싶은데, 그렇게 되면 온 클랜은 물론이고 바람의 마탑과의 사이가 이상해질 수밖에 없었다.

만약 이 건으로 인해 온 클랜이 자신에게 적대감이라도 가지게 되면 일이 굉장히 커질 수 있었다.

단순히 구르텐 국왕과의 약속을 빌미로 압박을 하기엔 온 클랜이나 바람의 마탑 두 세력의 힘이 너무 강력했다.

그런 상태에서 네오릴이 한 말도 그의 마음을 흔들었다.

"만약 천공 던전이 터지기라도 하면 블랙 켄타우로스의 놀라운 기동력으로 보아 결국 툴람 왕국에까지 피해가 발생할 거예요. 공략 시한이 좀 남아 있다고 해도 명확한 것이 아니라서 당장 무슨 일이 벌어질지 알 수 없어요."

5국 연합의 중심점이 되는 네룬 산이 비록 규모가 거대하다고는 해도 네오릴의 말대로 연결이 되어 있어서 던전 브레이크가 일어나는 것은 막아야만 했다.

가온의 단호한 의지가 실린 말을 들으니 더 이상 강권할 수가 없었다.

어쨌거나 그와 온 클랜은 툴람 왕국의 입장에서는 은인이었고 실력으로도 어찌할 수 없는 상대였다.

"아니네. 그럼 우리는 이곳에서 기다리도록 하지. 너무 늦지 않았으면 좋겠네."

고우트 백작은 그렇게 대답할 수밖에 없었다.

마음 같아서는 쫓아가고 싶었지만 자신이나 특수기사들의 경우 신분 때문에 상대국에 입국할 때는 허가를 득해야 하는 암묵적인 외교 관례를 생각하면 그건 무리였다.

그가 지금 할 수 있는 건 이 상황을 한시라도 빨리 왕궁에 전하는 것밖에 없었다.

온 클랜은 네오릴과 네 마법사를 따라 천공 던전의 게이트로 들어갔다.

화악!

가온은 푸른 하늘을 보고 자신이 던전 안에 들어왔다는 사실을 잠깐 잊어버렸다.

던전의 하늘은 보통 칙칙한 회색이다. 반구형의 막으로 인해서 태양도, 달도 흐릿하게 보인다.

그런데 이곳은 달랐다. 마치 날 좋을 때의 한국처럼 푸른 하늘이 보였다. 물론 태양은 흐릿했지만.

그를 따라 게이트로 들어온 대원들도 놀라기는 마찬가지였다. 다들 푸른 하늘에서 한동안 시선을 떼지 못했다.

"이곳이 바로 천공던전의 무대인 부유 섬 기르안이에요."

네오릴의 말에 정신을 차린 사람들은 그제야 광활한 초원이 눈앞에 쭉 펼쳐져 있다는 사실을 확인할 수 있었다. 게이트가 부유 섬의 끝 쪽에 있었다.

뒤쪽을 바라보니 조금 떨어진 곳에서 땅이 끝나고 텅 빈 허공이 보였다.

과연 저곳으로 떨어지면 어떻게 되는 것일까?

너 나 할 것 없이 그런 쓸데없는 생각을 하다가 이내 다시 앞쪽에 집중했다.

"가르안에 나무는 없는 겁니까?"

"작은 관목들이 자라는 곳이 몇 군데 있지만 나무라고 부를 정도는 아니에요."

초지라고는 하지만 대부분 발목 높이의 짧은 풀들이었다.

그러고 보니 공기가 상당히 건조했다.

가온은 이 기르안이라는 부유 섬의 기후가 건조초원지대라는 사실을 알 수 있었다.

"식량을 구하는 것도 어렵겠군요."

"네. 설치류와 염소로 보이는 몇 종의 생물이 있기는 하지만 워낙 움직임이 빠르고 설치류의 경우 지하 깊은 곳에 굴을 파고 살기 때문에 식량 보급을 거의 전적으로 외부에 의존하고 있어요."

"놈들은 먹을 것이 지천인데 토벌군은 먹을 게 없네요?"

샤나가 그렇게 묻자 네오릴이 고개를 저었다.

"꼭 그렇지는 않아요. 블랙 켄타우로스는 잡식성이지만 마수라서 그런지 육식을 더 좋아해요, 인간은 특히 더 좋아하고."

네오릴의 말에 대원 몇 명이 고개를 저었다.

육식을 하는, 그것도 인간을 잡아먹는 켄타우로스라니. 그건 놈들이 마수라는 강력한 증거였다.

사냥 대상은 마나의 유동을 감지하고 순식간에 범위 밖으로 도망칠 수 있는 능력까지 있으니 토벌이 제대로 될 리가 없었다.

"혹시 지도가 있습니까?"

"네."

네오릴이 건네주는 지도에는 토벌군의 위치는 물론 블랙 켄타우로스의 위치까지 상세하게 기재되어 있었다.

이곳 기르안 부유 섬은 찌그러진 타원형으로 남북의 길이가 동서의 길이에 비해 두 배 정도 되는 것 같았다.

게이트는 남쪽 끝부분이고 현재 토벌군의 위치는 섬의 중심선을 이은 열다섯 곳이었다.

"원래 숫자의 이점을 살리기 위해서 50개 부대로 편성해서 띠 대형을 갖추고 북동쪽으로 진군했는데 매복 공격, 기습과 야습 등으로 지속적인 피해가 발생하는 바람에 이렇게 15개 부대로 재편성했어요."

"부대 간의 거리는 어떻게 됩니까?"

"대략 3천 보 정도예요."

3천 보면 대략 2킬로미터다. 이곳이 시야가 열려 있는 초원이라는 점을 고려하면 육안으로 충분히 이웃한 부대의 상황을 확인할 수 있었다.

'그럼 섬의 폭이 대략 30킬로미터 안팎이겠군.'

꽤 길쭉한 타원형이라는 점을 고려하면 기르안 부유 섬은 동서로 30킬로미터에 남북으로는 60킬로미터 정도의 크기였다.

'1,800제곱킬로미터라면 엄청난 크기의 섬이네.'

제주도의 면적이 대략 1,800킬로미터이니 크기가 거의 비슷했다.

그 면적이 모두 건조초원이라는 점과 상대가 인간에 비해 기동력이 훨씬 뛰어난 블랙 켄타우로스라는 점을 고려하면 왜 토벌이 난항을 겪고 있는지 알 수 있었다.

'시력조차 블랙 켄타우로스가 훨씬 더 좋을 테니 정찰력에서부터 밀리네.'

이쪽에도 마법사들이 있지만 화살 공격 때문에 함부로 플라잉 마법을 쓸 수 없는 상황이고 블랙 켄타우로스의 경우 일반 개체까지 시력이 뛰어나니 토벌이 어려울 수밖에 없었다.

"혹시 구릉이 좀 있습니까?"

구릉이란 완만한 기복의 낮은 산이나 언덕이 계속되는 지형을 말한다.

"구릉까지는 아니지만 고도가 10미터 내외인 언덕은 꽤 많아요. 다만 규모는 크지 않고요. 조금 높은 언덕에 올라가면 대부분 시야에 훤히 들어오지요."

그렇다면 부유 섬 전체가 평탄지라고 봐도 좋을 것이다.

'숫자가 많아서 이동이 느릴 수밖에 없는 토벌군이 불리한 지형이네. 언덕의 크기가 작으면 함정을 파거나 매복을 하는 것도 힘들 테고.'

가온은 그동안 토벌군이 판 함정이나 매복 작전이 왜 상대에게 쉽게 간파당했는지 알 수 있었다.

'그럼 어떻게 한다?'

배가 출출하니 일단 식사를 하면서 의뢰를 어떻게 수행할지에 대해서 대원들과 논의를 해 봐야 할 것 같았다.

천공 던전

　식사를 하면서 대원들과 의논을 해 봤지만 마땅한 의견은
나오지 않았다.

　그나마 매디가 참고할 의견을 내기는 했다.

　"모두 사용할 수 있는 은신 아이템이 있다면 도움이 될 것
같아요."

　불가능한 건 아니다. 갓상점에는 해당하는 아이템이 분명
히 있을 테니 말이다.

　하지만 그 의견은 곧바로 네오릴에 의해서 삭제되었다.

　"블랙 켄타우로스는 일정 거리 안으로 접근하면 은신 마법
을 사용해도 감지하는 능력이 있어요."

　생각해 보니 바람의 마탑 정도면 은신과 관련된 아이템이

나 마법을 보유하지 못했을 리가 없었다.

"그 거리가 대충 어느 정도입니까?"

"일반 개체의 경우 150보 정도인 것으로 확인되었어요."

"그럼 십마장이나 백마장의 경우에는 더 예민합니까?"

십마장은 블랙 켄타우로스 열 마리를 지휘하는 지휘관이고 백마장은 백 마리를 지휘한다.

"당연히요. 백마장과 같은 경우에는 300보 거리에서도 마나의 유동을 감지할 수 있어요."

약 200미터 밖에서도 마나의 유동을 감지할 정도라면 접근해서 기습을 하는 것은 아예 불가능했다.

아마 그래서 함정을 파거나 매복을 했을 텐데 그마저도 놈들이 먼저 알아차리는 바람에 허사가 되거나 오히려 기습을 받아 큰 피해를 입은 것이리라.

'그래도 우리가 할 수 있는 공격 방법이 있기는 하군.'

합성궁의 유효사거리는 대략 250미터에 이르니 일단 엘프 궁사들과 스톤의 활 공격은 유효했다.

하지만 그래 봐야 겨우 다섯 명에 불과했다. 그리고 그 정도 거리라면 적중 확률도 낮아진다.

'어떻게든 거리를 좁혀야 해.'

방법은 그것밖에 없었다.

그런 방법을 고심하다 보니 몰이사냥이 떠올랐다.

대원들의 민첩성을 높일 수 있는 방법도 있었다.

'버프와 축복에 쾌보를 사용하면 짧은 시간 동안이지만 기동력이 비슷해질 수 있어.'

그런 상태를 오래 유지할 수는 없지만 미리 기다리고 있는 경우라면 충분히 상대하는 것이 가능했다.

'그래! 놈들이 우리 공격권 안으로 들어가게 하면 돼!'

놈들이 정신없이 공격권 안으로 들어가게 만드는 건 비행 능력을 가진 자신이 맡으면 된다.

'방법을 한번 고민해 보자!'

일단 일정한 거리 안으로만 들어오면 지금 클랜의 전력으로 100마리 정도는 단숨에 끝장을 낼 수 있었다.

식사를 마치고 잠깐 쉬는 동안 가온은 그동안 굳이 필요하지 않아서 생각하지 않았던 일을 시작했다.

'일단 아이템 강화권부터 구입해야지.'

그동안 여러 의뢰를 완수하면서 받은 보상 중에는 아이템 강화권이 있었지만 전부 유일 등급까지만 해당하는 것이었다. 그러니 서사 등급의 아이템을 강화하려면 강화권을 구입해야만 했다.

'젠장!'

서사 등급의 강화권은 무려 5천 포인트나 되었다. 게다가 2강은 1만 포인트, 3강은 2만 포인트였다.

그래도 이번 의뢰는 물론이고 나중을 생각하면 강화를 해

두는 것이 좋았다.

'포인트가 넘치니 다행이지.'

처음부터 '서버 최초'에 해당하는 업적을 세웠고 말도 안 되는 보상을 받았기에 아직까지는 딱히 필요한 스킬이나 아이템이 없기 때문에 포인트를 쓸 일은 없었다.

가온은 구입한 강화권 세 장을 투명 날개에 곧바로 사용했다.

'오! 진작에 할 걸 그랬네!'

강화 결과는 생각보다 훨씬 더 근사했다.

날개가 더 생긴 것은 아니지만 일단 크기나 두께가 커졌고 완전히 펴면 8미터에 육박했다.

이전에는 초당 3의 마나를 소모해야 하던 것이 이젠 분당 10의 마나로 활용할 수 있게 된 것도 눈에 띄는 변화였다.

'일단 날아 보자!'

가온은 날개를 눈에 보이게 만든 후 몸에 장착하고 바로 하늘로 비상했다.

휘이익!

바람이 거의 없었지만 날갯짓만으로 아주 가볍게 하늘로 날아오를 수 있었다.

이리저리 날면서 시험해 보니 속도나 방향 전환 등 다양한 비행 능력이 이전보다 높아졌다.

마지막으로 시험해 볼 것이 있었다.

다시 지상으로 내려온 가온은 아공간에서 트롤 사체 하나를 꺼내 발목을 쥐고 다시 하늘로 날아올랐다.

'된다!'

키가 5미터 정도인 트롤 성체의 몸무게는 적어도 200킬로그램에 달했는데 비행하는 데 별문제가 없었다. 그만큼 날갯짓에 강한 힘이 실리는 것이다.

다시 땅으로 내려오니 네오릴 일행은 입을 떡 벌리고 있었고 대원들은 무슨 일인가 싶어서 주위로 몰려들었다.

"달쿤, 혹시 이런 물건을 만들 수 있겠어?"

가온은 대원들에게 설명을 하는 대신에 달쿤을 불러 바닥에 그림을 그리며 물어보았다.

"어렵지 않습니다. 그런데 그건 왜 갑자기?"

가온이 말한 구조물은 막대기를 연결한 형태라서 전혀 어렵지 않았다.

"이번 의뢰에 필요해서."

"재료는 어떤 것으로 하시려고요?"

"와이번 본과 가죽으로 하려고."

와이번의 뼈는 가벼우면서도 강도가 무척 높아서 자신이 생각하는 목적에 부합했다.

가죽의 경우 몸을 뼈 구조물에 몸을 단단히 고정하는 데 사용할 생각이다.

"접합할 때 비전 융합술을 사용해야 하기 때문에 좀 시간이 걸리겠지만 넷이 일을 나누면 금방 만들 수 있습니다."

"좋아. 그럼 당장 만들어 줘."

가온은 곧바로 아공간에서 와이번 사체 한 마리를 꺼내 달쿤에게 넘겼다.

"그걸로 뭘 하시려고요?"

그제야 궁금해하는 대원을 대표해서 매디가 물었다.

"몰이사냥을 해 보려고. 그러려면 나 혼자로는 부족하거든."

"혹시 그 구조물을 몸에 장착하고 한 명 혹은 두 명을 더 데리고 비행을 하려는 건가요?"

아까 가온이 바닥에 그린 설계도와 목적을 생각해 본 매디가 그렇게 말했다. 만약 가온이 구조물을 몸에 고정시킨다면 양옆에 두 명을 매달고 비행이 가능했다.

"그럼 두 명은 마나포나 화살을 이용해서 블랙 켄타우로스를 공중에서 공격하는 거겠네요?"

머리가 좋은 나디아 역시 그림만 보고도 가온의 생각을 알아차렸다.

이제야 달쿤과 라쟈, 오르넬, 로탄이 일제히 달려들어서 만들고 있는 구조물의 정체와 기능을 알아차린 대원들이 기대에 가득한 얼굴이 되었다.

'하늘을 날 수 있다!'

마법사처럼 단순히 공중으로 몸을 띄우는 것이 아니라 새처럼 하늘을 날 수 있는 기회이니 기대할 수밖에 없었다.

하지만 이어진 가온의 대답에 대원 대부분은 실망할 수밖에 없었다.

"맞아. 마나포나 마력포를 사용해서 몰이사냥을 하게 될 거야. 그래서 되도록 작고 가벼운 몸에 오랫동안 마나를 운용할 수 있는 사람이 필요해."

그런 조건에 해당하는 대원은 아쉽게도 없었다. 몸집의 경우 체구가 작고 몸이 가벼운 샤나나 로테 정도가 해당되는데, 둘은 마나가 아니라 정령력을 사용하기 때문에 해당되지 않는다.

"히잉!"

우는 듯한 소리가 나서 보니 매디였다. 혹시 자신에게도 가온과 함께 하늘을 날 수 있는 기회가 있을까 기대했던 그녀는 자신의 통통한 몸을 살펴보며 울상이 되어 있었다.

헤븐힐도 실망스러운 얼굴이었다. 몸은 날씬하고 가벼웠지만 키가 상당히 큰 편이라 자신 역시 해당 사항이 없다고 생각한 것이다.

다른 이유로 실망하는 이도 있었다.

"마력이 부족해!"

바로 나디아였다. 육체적인 조건은 어느 정도 충족할 수 있지만 마력포를 난사할 정도가 아니라는 사실은 자신도 잘 알고 있었다.

"후유!"

가온의 귀에만 들릴 정도로 낮게 탄식하는 이도 있었다. 바로 네오릴이었다. 그녀 역시 자신의 풍만한 몸을 살펴보며 나직이 탄식했다.

게이트에서 토벌군 숙영지까지는 텔레포트 스크롤을 이용해서 이동했다.

가온은 토벌군 수뇌부를 만나는 과정이 내심 귀찮았지만 의뢰를 명확히 하기 위해서는 어쩔 수 없었다.

그래도 대접은 생각 이상이었다. 이미 정보 던전의 네 층을 클리어하는 데 큰 공을 세웠다는 사실이 오트 토벌군에게도 알려진 것이다.

"오! 자네가 온 훈 경이군! 내가 토벌군 사령관 헤트랑 공작일세. 반갑네!"

"반겨 주셔서 감사합니다, 공작 각하."

텔레포트를 하기 전에 네오릴이 설명해 준 바에 따르면 헤트랑 공작은 오트의 현 국왕인 알트 8세의 외할아버지로 소드마스터이기도 했다.

소드마스터답게 중년의 외모를 하고 있는 헤트랑 공작은 고민이 많아서 잠을 잘 못 자는지 눈 밑이 거뭇거뭇했다.

"난 바람의 마탑 부탑주인 링거라고 하네. 잘 왔네."

링거 역시 거대 마탑의 부탑주라는 신분에도 불구하고 가온과 온 클랜을 반갑게 맞이해 주었다.

그럴 수밖에 없는 것이 바람의 마탑이 주도적으로 나서서 온 클랜에 의뢰를 했고 끝내 던전에 데리고 들어왔으니 친한 척이라도 해야만 했다.

"온 클랜의 명성은 익히 들어 잘 알고 있어요. 헌신의 신전 대사제인 제린이라고 해요. 부디 이번 의뢰에 최선을 다해주세요."

사제들을 대표하는 제린은 두 사람에 비해서 가온에게 별 관심이 없어 보였다. 그저 의뢰만 제대로 수행하기를 바랄 뿐인 것 같았다.

"네, 최선을 다하겠습니다."

가온은 세 사람과 만난 자리에서 정식으로 계약서에 서명을 하고 선금 100만 골드와 아이템 중 하나를 지급받았다.

"온 클랜은 불가능한 일은 맡지 않는다지?"

마음 같아서는 이 자리에서 물러나서 아이템부터 확인하고 싶은데 공작이 기대감이 가득한 얼굴로 물었다.

"되도록 많은 정보를 기반으로 완수 가능성을 따지기는 합니다."

"네오릴 마법사에게 대강 설명을 들었겠지만 기사의 시각으로 간단하게 브리핑을 해 주겠네."

"감사합니다."

거절할 이유가 전혀 없었다. 정보란 많을수록 좋다.

하지만 기사의 시각에서 본 천공 던전과 상대인 블랙 켄타우로스에 대한 내용도 그다지 큰 차이가 없었다.

그럼에도 헤트랑 공작은 기대하는 바가 큰지 눈을 빛내며 물었다.

"온 클랜의 신출귀몰한 전술 전략 능력에 대한 이야기를 많이 들었네. 어떻게 우리의 의뢰를 수행할지 구상은 대충 나오나?"

브리핑을 듣고 바로 블랙 켄타우로스를 상대할 대안이 나왔냐는 어처구니없는 물음이었지만 기분이 나쁘지는 않았다.

'공작이 스트레스를 엄청나게 받고 있구나.'

오죽하면 알 만한 사람이 이렇게 나올까 하는 측은함까지 느껴졌다.

"일단은 제가 가진 비행 아이템을 활용해서 몰이사냥을 해 보려고 합니다."

"흠. 자네의 비행 아이템을 우리도 들어서 잘 알고 있지만 과연 혼자서 몰이가 가능할지 모르겠군."

"그래서 일단 확인해 보려고 합니다."

굳이 이 자리에서 구구절절하게 설명을 할 필요는 없었다.

"알겠네. 내일이면 눈으로 확인할 수 있겠지?"

"그렇습니다."

"기대하겠네. 피곤할 텐데 일단 쉬고 내일 보세나."

그래도 긍정적인 대답을 들어서인지 공작의 얼굴은 만났을 때보다 조금은 편해져 있었다.

"챙겨 주셔서 감사합니다, 각하."

가온은 더 이상 붙잡지 않는 공작에게 진심으로 고마운 마음이 들어 공손하게 인사를 하고 수뇌부의 막사를 나왔다.

밖에는 대원들이 대기하고 있었는데 토벌군과 마법사들 그리고 사제들의 호기심 가득한 시선을 받으며 난감한 얼굴을 하고 있었다.

토벌군에도 온 클랜에 대한 소문은 널리 퍼져 있었다. 보급을 위해 날마다 게이트 밖에서 들어오는 수송대가 소문을 퍼트린 것이다.

당연히 토벌군은 기대감과 불안감 그리고 의아함이 담긴 시선을 줄 수밖에 없었지만 온 클랜의 입장에서는 그런 관심이 불편하기만 했다.

그런 상황은 금방 해결되었다. 명령을 받은 토벌군의 젊은 기사 한 명이 병사들과 함께 그들을 막사로 안내했다.

헤롯

대원들은 연속해서 텔레포트를 한 후유증으로 인해 피곤해해서 쉬도록 조치했지만 가온은 멀쩡했다.

'한번 돌아보고 싶은데 아무래도 좀 그렇겠지?'

감시까지는 아니더라도 막사가 수뇌부의 막사와 가까이 있다 보니 지켜보는 눈이 꽤 많아서 움직이기가 부담스러웠다.

'그냥 명상과 연공이나 해야겠네.'

던전 안을 둘러보려던 마음을 포기한 가온은 선금으로 지급받은 아이템에 관심을 돌렸다.

유물임을 알려 주듯 고색창연한 유물의 형태는 마치 지구의 총처럼 보였다.

'설마?'

로에니를 통해 구입해 두었던 상급 감정 스크롤을 찢어서
확인해 보았다.

윈드샷 건

등급 : 서사
상세
−드워프 출신으로 바람 마법을 익힌 블랑크의 역작
−정령력으로 바람을 응축시켜 탄환을 만들어서 발사할 수 있다.
−바람의 정령을 동기화시키면 탄환의 속도와 위력이 배가된다.

'호오! 멋진 녀석이네!'

네오릴에게 귀띔을 듣기로 마탑의 수장고에서 오랫동안
보관하고 있던 유물 중 정령사가 활용할 수 있는 것으로 골
랐다고 했는데, 현재 상황에서도 제대로 활용할 수 있는 아
이템이었다.

'로테에게 주면 되겠네.'

로테는 무려 물, 불, 나무, 바람의 중급 정령사다. 비록 치
료사로서의 능력이 출중해서 전투에 많이 참여하지는 않지
만, 이 유물이라면 원거리 딜러로서도 큰 역할을 할 수 있을
것 같았다.

그러고 보니 로테는 작고 가벼운 몸집이어서 이 아이템을
소지한다면 자신이 구상했던 보조 역할을 훌륭히 수행할 수

있을 것 같았다.

'이제 한 명만 더 구하면 되겠네.'

혹시 몰라서 네오릴에게 경지는 낮더라도 몸집이 작으면서 마력 보유량이 많은 마법사를 알아봐 달라고 했으니 기대를 해도 될 것 같았다.

'정 안 되면 투명 날개를 한차례 더 강화시키는 방법도 있으니까.'

그럼 날개의 힘이 더 강해질 테니 소드마스터인 고문 중 한 명이 보조 역할을 할 수 있었다.

'하지만 다들 싫어할 텐데.'

명색이 소드마스터인 양반들이 수동적으로 비행을 하면서 마나포나 쏘는 일을 좋아할 리가 없었다.

어쨌든 이 유물로 인해서 보조 중 한 명이 확정되었기 때문에 자신이 생각하는 전략은 한층 완성도가 높아졌다.

다음 날 아침, 가온은 나크 훈과 제어컨을 동행해서 수뇌부의 숙영지로 향했다. 아침 식사에 초대를 받았기 때문이다.

막사 안으로 들어가니 어제 봤던 수뇌부 중 절반 정도가 이미 식탁에 앉아 있었다.

"좋은 아침입니다!"

가벼운 인사를 나눈 후 식사가 준비되었다.

조금은 기대했지만 나온 음식은 간단했다. 지구의 죽에 이어 오믈렛과 비슷한 음식이 전부였다.

전쟁터에서도 풍성한 식사를 하는 탄 차원의 귀족 문화를 생각하면 아무래도 보급 사정이 좀 안 좋은 모양이다.

"에잇! 제대로 된 와인이나 한 잔 마셨으면 좋겠군."

헤트랑 공작의 한탄에 링거와 제린 등 다른 수뇌부도 입맛을 다시는 것을 보니 그들 역시 와인이 생각난 모양이다.

이젠 와인과 같은 고급 식재료는 제대로 반입이 되지 않았다. 토벌군이 지속해서 소모하는 자금이 엄청나다 보니 오트 왕국 역시 심각한 재정난에 시달리고 있었다.

"마침 좋은 와인을 한 통 가지고 있는데 함께 즐기시렵니까?"

"저, 정말인가?"

당장 헤트랑 공작이 반색을 했다.

아공간 주머니에서 와인 통을 꺼내 마개를 따자 사람들이 자신도 모르게 코를 벌름거렸다. 제대로 숙성된 와인의 향기가 막사 안을 가득 채웠기 때문이다.

탄 차원에서 와인은 술이기도 하지만 음식이다. 물론 매끼니 고기가 빠지지 않는 귀족들을 포함한 상류 계층에서만 말이다.

와인으로 인해서 식사 분위기가 단숨에 바뀌었다.

"우하핫! 좋아! 아주 좋아!"

어지간히 술이 고팠는지 연달아 와인 석 잔을 마신 헤트랑 공작이 만족한 얼굴로 미소를 지었을 정도였다.

공작뿐 아니라 다른 이들도 연신 시중을 드는 병사들에게 와인을 청하는 것을 보니 정말 술을 마신 지 오래된 모양이다.

그런데 와인을 안 마시는 사람이 한 명 보였다.

'어젠 못 본 것 같은데.'

무척 마른 체구의 여인은 제대로 만든 체인메일을 착용하고 있어 기사로 보였는데 이상하게 눈길이 갔다. 어딘지 많이 부자연스러운 모습이었기 때문이다.

'마법사나 사제는 아닌 것 같은데 어린 나이에 이런 자리에 참석하다니 대체 정체가 뭐지?'

경지가 그리 높은 것 같지 않은데 이상하게 방출하는 마나 파장이 무척 강했다.

검기 실력자만 되어도 자연스럽게 마나를 갈무리해서 방출을 막을 수 있다는 점을 생각하면 그녀가 왜 이 자리에 있는지 이해가 가질 않았다.

장내에는 오트 왕국의 문관 귀족이 세 명 있었지만 그들을 빼고는 모두 검기 실력자 이상이거나 마법사 혹은 사제였다.

"아! 온 대장이 어젠 저 아이를 못 봤지."

말한 사람은 바로 공작이었다.

"실례를 범했습니다, 각하."

이상한 생각을 품은 것이 아니더라도 지금처럼 누군가를

조금 오래 지켜보는 것은 실례되는 행동이다.

'아이라고 칭하는 것으로 봐서는 공작과 무척 가까운 사이겠구나.'

그런 생각을 하고 있을 때 공작이 그녀를 소개했다.

"아니야. 왜 와인을 안 마시는지 궁금했을 테지. 몸에 열이 너무 많아서 그렇다네. 헤롯, 이 친구가 바로 그 소문의 주인공인 온 훈 대장이다. 헤롯은 내 손녀일세."

헤트랑 공작의 손녀가 왜 이곳에 있는지 이해할 수가 없었지만 일단 고개를 깊이 숙여 묵례를 했다. 식사 중이라 굳이 일어나서 제대로 인사를 할 필요는 없었다.

그쪽 역시 고개를 숙여 인사를 해 왔는데 옆모습만 그런 것이 아니라 정말 토벌군에 속해 있는 이유를 알 수 없을 정도로 유약해 보였다.

얼굴로만 보면 20대 초중반 정도였는데 화염처럼 붉은 피부와 눈썹 그리고 모발을 가지고 있으며 무엇보다 불타는 것 같은 선홍색 눈이 아주 인상적인 미녀였다.

첫인상만 보면 굉장히 적극적이고 정열적일 것 같은데 이상하게 전체적인 느낌은 사그라드는 불꽃처럼 부정적이고 약해 보였다.

"헤롯은 왕립 기사 아카데미를 졸업하고 당당히 기사 서임을 받은 아이라네."

헤롯은 키는 작은 편은 아니지만 몸이 말라서 그런지 굉장히 유약해 보였다.

외모나 풍기는 분위기를 보면 기사로 서임받았다는 사실을 믿기가 힘들었지만 공작이 실없는 소리를 할 리는 없었다.

"원래 무척 활발하고 적극적인 성향을 가진 아이였는데…… 쯔쯧!"

"너무 심려하지 마십시오, 각하. 던전만 클리어되면 저희 마탑에서 어떻게든 치료제를 만들겠습니다."

"저희 신전에서도 이미 연구를 하고 있으니 너무 걱정하지 마세요, 각하."

링거와 제린의 말을 들어 보니 무슨 병이라도 앓고 있는 모양이다.

두 사람의 말에 가온과 나크 훈은 자연스럽게 헤롯에게 시선을 주었는데 그녀는 무표정한 얼굴로 식사를 마저 이어 갔다.

"커흠!"

"아! 실례했습니다."

"아니네. 영약을 덥석 먹어 버린 것이 오히려 한창 성장하고 있는 아이의 발전을 가로막았네."

또다시 실례를 범한 것 같아서 사과를 했는데 헤트랑 공작은 고개를 가로저으니 후회가 진득하게 묻어 나오는 목소리로 한탄했다.

"영약요?"

"본가의 기사들이 수련을 겸해서 네룬산 깊은 곳으로 트롤 사냥을 갔다가 우연히 영초를 발견했네. 불타는 것처럼 붉은 잎에 하얀 열매를 맺고 있는 영초였는데, 막 익었는지 엄청 난 마나를 방출하고 있었네."

"그럼 그 영초를 복용한 겁니까?"

"이상하게 남자 기사들에게는 별 영향이 없었는데 손녀를 포함한 여자 기사들이 홀린 것처럼 영초를 향해 다가갔다고 하네. 그리고 누가 말리기도 전에 손녀가 가장 먼저 영초를 뿌리째 뽑아서 삼켰지."

"혹시 어떤 영초인지 아십니까?"

공작은 힘없이 고개를 저었고 대신 링거 마법사가 대답했 다.

"복용한 후 체내 마나양은 소드마스터에 비견될 정도로 폭 증했는데, 몸이 수시로 용암에 빠진 것처럼 뜨겁게 달아오르 고 하루에도 서너 번씩 혼절을 한다네. 본 마탑은 물론 대지 의 마탑에서도 오래된 기록들을 모두 살폈는데 영초의 이름 조차 알 수 없었네."

대지의 마탑은 연금술 길드나 약초꾼 길드에 못지않게 약 초에 정통했는데, 그곳에서도 모른다면 세상에 전혀 알려지 지 않은 약초였던 모양이다.

그런 정체불명의 약초를 먹고 마나 보유량은 소드마스터 에 견줄 정도로 폭증한 대신 지병을 얻었다는 얘기였다.

"그런데 어찌 정양을 하지 않고 이곳에?"

"그게 2년 전의 일이네. 그 후 연금술 길드는 물론 유명한 치료사나 마법사 그리고 신전까지 순례를 하다시피 했지만 차도가 전혀 없었네. 시간이 갈수록 열이 올라서 혼절하는 횟수도 늘었네. 워낙 투병 생활에 힘들어하기도 했고 본인도 던전에 들어가 보고 싶다고 해서 함께 들어왔네."

그래서 처음 봤을 때 굉장히 부자연스러운 느낌을 받은 것 같다.

"마나는 사용할 수 있습니까?"

헤트랑 공작이 고개를 흔들었다.

"조금만 마나를 끌어 올리면 몸이 불길에 휩싸이는 것처럼 붉게 달아오르면서 결국 기절하고 만다네."

대답이 의외였다. 이렇게 엄청난 마나를 품고 있는데 사용할 수 없다니 참으로 이상했다.

"실례가 되지 않는다면 제가 혹시 헤롯 님을 진찰해도 되겠습니까?"

"한번 살펴봐 주게."

헤트랑 공작이 기다렸다는 듯 가온의 제의를 받아들였다.

공작이 순순히 수락한 이유는 따로 있었다.

'이렇게 젊은 나이에 소드마스터에 마법까지 사용하는 능력자라면 혹시 헤롯의 상태를 호전시킬 방도가 있을지도 몰라.'

공작이 가장 사랑하는 손녀인 헤롯의 병증을 고쳐 보려고 공작가의 재정이 흔들릴 정도로 엄청난 숫자의 치료사와 마법사를 초빙했지만 전혀 효과가 없었다.

이젠 기대도 거의 하지 않지만 아주 특별한 이력과 능력을 가진 가온이 나서자 공작은 자신도 모르게 기대할 수밖에 없었다.

"왼손을 잠깐 만지겠습니다."

끄덕!

헤롯은 여전히 무표정한 얼굴로 자신의 팔을 주저하지 않고 가온 앞으로 내밀었다.

가온은 오른손을 그녀의 하얀 손목 위에 올렸지만 손가락 끝이 겨우 닿을 정도에 불과했다.

가온은 눈을 반개하고 그녀의 몸 안으로 오행기를 투사했다.

본디 마나는 지문과 같아서 동일한 속성은 없는 법이다. 또한 타인의 마나가 몸 안에 들어오면 오랫동안 몸에 깃들어 있던 마나는 반발하기 마련이다.

그 결과는 어느 한쪽의 내상으로 이어지는 것이 보통이다. 서로 강력하게 반발하는 가운데 마나로드와 혈맥이 상하기 때문이다.

하지만 가온의 오행기는 다르다. 말이 오행이지 모든 속성을 포함하고 있기 때문에 물에 푼 먹물처럼 자연스럽게 스며

든다.

그래도 본래의 물색을 흐릴 정도라면 어떤 식으로든 영향이 있을 수밖에 없지만, 가온이 주입한 오행기는 거대한 호숫물에 한두 방울에 불과하니 아무런 영향도 없었다.

하지만 그렇게 적은 양의 마나에도 의지가 담기고 의념이 담기면 능히 거대한 호수의 상황을 속속들이 알아낼 수 있었다.

얼마 후 가온은 헤롯의 병증을 유발하는 원인을 알아낼 수 있었다.

'양기! 엄청난 양이군!'

따듯한 수준을 넘어서 활활 타오르는 화염과 같은 성질의 마나가 온몸을 장악하고 있었다.

그런데 특이한 것은 그 마나가 몸의 근육이나 뼈 혹은 관절과 같은 부위에는 최소한의 영향만 미칠 뿐이며 몸의 정중앙을 관통하는 여섯 곳에 구슬처럼 모여 있다는 점이다.

'신기하네. 살아 있는 것 같아.'

구슬처럼 뭉쳐 있는 양기는 금방이라도 폭발할 것처럼 농축된 상태로 크기를 부풀렸다가 수축하는 과정을 반복하고 있었다.

'이 정도라면 혈관이나 마나로드가 모두 타 버렸을 것 같은데 희한하네.'

이번에는 심안 스킬까지 활성화시켜서 헤롯의 몸을 상세

하게 살펴보았다.

'허어! 엄청난 양의 음기가 혈관과 마나로드를 중심으로 몸 전체에 퍼져서 양기를 견제하고 있구나.'

가공할 정도의 음기가 몸 대부분을 보호하고 있기 때문에 양기가 폭발하지 못하고 여섯 곳에 똬리를 틀고 있는 것이다.

그런데 이 음기가 참으로 희한한 것이 몸 안에 자리를 잡은 양기와 달리 몸에 아무런 부정적인 영향을 주고 있지 않았다.

본래 이 정도의 음기라면 몸이 얼어붙어도 이상하지 않았는데, 양기가 너무 강해서 그런지 겉보기에는 별로 이상하지 않은 몸 상태를 만들고 있었다.

게다가 이 음기는 양기를 중화시켜 줄 뿐 아니라 혈관과 마나로드가 양기에 손상을 받는 것을 막아 주고 있었다.

'그냥 음기는 아니야!'

치료나 정화와 같은 힘이 깃들어 있는 음기였다.

음기의 근원을 쫓아가다 보니 목에 걸고 있는 펜던트가 나왔다.

'역시 정제된 음기를 담고 있구나.'

이런 식으로 가공된 음기는 처음 경험했다.

'신성력이야! 신성력이 가미되었어.'

아마 열증 치료에 특화된 아이템으로 보이는데 안타깝게

도 내재된 음기의 양이 크게 줄어 있는 상태였다.

이대로라면 두세 달 후면 펜던트의 음기는 말라 버릴 것이고 그동안 음기에 눌려 있던 양기가 폭발적으로 활동해서 헤롯의 몸을 해칠 것 같았다.

가온이 헤롯의 팔목에서 손을 떼고 반개했던 눈을 뜨자 좌중의 관심이 쏠렸다.

특히 링거와 제린이 눈을 빛내며 가온을 주시했다. 두 사람은 던전에 들어온 이후 종종 혼절하는 헤롯을 돌봐 왔었다.

"지금 헤롯 양의 상태는……."

가온이 상태를 설명하자 헤롯 본인을 포함한 좌중의 대부분은 이해가 잘 안 가는 얼굴을 했지만 세 사람, 아니 네 사람은 다른 반응이었다.

그 사람들은 당사자인 헤롯과 공작, 그리고 링거와 제린이었다.

"우리가 익히 아는 원소력이 아니면서 서로 상반되는 속성의 마나라……."

"처음 접하는 개념이긴 하지만 이렇게 설명을 들으니 확실하게 이해가 가네요. 본 신전의 신물인 홀리아이스의 펜던트라면 확실히 온 대장이 말한 음기에 해당하는 속성을 가진 마나를 내뿜어서 헤롯의 내부에 웅크리고 있는 양기라는 마나를 제어할 수 있겠어요."

그간 헤롯을 돌봐 온 링거와 제린은 가온이 말한 내용 중 양기와 음기에 집중했다. 그들에게는 처음 접하는 파격적인 개념이면서도 헤롯의 상태를 가장 잘 설명하는 이론인 것이다.

하지만 헤롯과 그녀의 할아버지인 헤트랑 공작의 생각은 다른 곳에 있었다.

"제 상태를 이 정도까지 파악하셨다면 호, 혹시 호전시킬 수도 있나요?"

처음으로 목소리를 내는 헤롯의 얼굴은 기대감인지 열감 때문인지 모르겠지만 타오르는 화염처럼 붉었다.

"만약 우리 헤롯의 열병을 치료해 준다면 자네가 상상할 수 없는 보물을 안겨 주겠네."

공작이 그런 약속을 할 정도로 헤롯의 상황이 안 좋기는 했다.

제린 대사제가 언급했던 홀리아이스라는 신물 덕분에 그동안 양기의 폭발을 억제했지만, 헤롯 본인과 공작은 위험성을 실시간으로 느끼고 있었다.

"증상을 어느 정도 완화시키는 건 가능할 것 같은데 완치는 장담할 수 없습니다."

흡정 장갑부터 시작해서 모둔의 존재까지 다양한 방안이 있지만 그렇다고 100% 장담할 수 없는 일이다.

"당장! 당장 그렇게 해 주게!"

병증을 완화시킬 수 있다는 말에 헤롯은 눈물을 뚝뚝 흘렸고 공작은 흥분을 감추지 못하고 큰 소리로 부탁했다.

사실 헤롯은 하루에도 수십 번씩 불구덩이에 빠져 온몸이 불타는 것 같은 고통을 겪고 있었다. 그리고 공작은 그런 손녀의 고통을 옆에서 쭉 지켜봤었다.

완치까지는 바라지도 않았다. 그저 시시각각 찾아오는 끔찍한 고통만 경감되어도 살 것 같았다.

"독립된 조용한 공간이 필요합니다."

"바로 준비해 주겠네."

공작은 가온이 말하는 것은 무엇이든 다 준비해 주겠다는 마음을 담아 말했다.

가온은 일단 녹스로 하여금 헤롯을 재우도록 했다.

'혹시라도 고통이 심할 수도 있으니까.'

야전 침대에 누운 헤롯은 얇은 속옷만 입은 채 누워 있었는데, 작고 가녀린 몸집에 비해서 속은 의외로 알찼다.

그런 그녀의 몸이 빠르게 붉어지고 있었다. 목에 차고 있었던 목걸이를 벗겨 낸 직후의 변화였다.

단순히 피부가 붉어지는 것에 그치는 것이 아니라 막사의 기온이 빠르게 올라갈 정도로 열기를 발산하고 있었다.

'역시 신물 덕분에 살아 있었던 거네.'

발병 초기에 헌신의 신전에서 오래전부터 내려오는 전설급 신물을 주었기에 지금까지 이런 상태로나마 살 수 있었다.

혹시 모르는 상황에 대비해서 헤트랄 공작과 함께 옆에서 지켜보는 제린 대사제의 말에 따르면 홀리아이스는 저 멀리 북방으로 여행을 했었던 초대 대사제가 지진으로 부서진 거대한 얼음덩어리에서 발견했다고 했다.

'아마 펜던트에 담겨 있던 치료나 가호의 효과를 가진 신성력이 오랜 시간에 걸쳐서 얼음의 음기와 융합을 한 것이겠지.'

거대한 얼음 속에서 얼마나 오랜 세월을 견뎌 왔는지 모를 신비한 신물이었다.

그것이 이름 모르는 영초가 가진 열기를 중화시켰기에 그나마 헤롯이 죽지 않은 것이다.

그래서 신물을 몸에서 떼어 내자 오랫동안 움츠리고 있었던 양기가 활동하기 시작해서 몸이 타는 것처럼 붉어지는 것이다.

좌정한 가온은 안절부절못하는 얼굴로 자신과 누워서 자고 있는 손녀를 지켜보는 헤트랑 공작을 한번 쳐다본 뒤 치료를 시작했다.

시작은 헤롯의 이마에 손바닥을 올리는 행위였다.

'모둔.'

-네, 온 님.

가온의 눈에만 보이는 모둔이 손바닥에서 나와 헤롯의 몸으로 스며들었다. 그리고 이마에 자리를 잡고는 양기를 흡수하기 시작했다.

일단 여섯 곳에 응축된 양기 중 이마와 목 그리고 가슴 정중앙의 세 곳에 있는 것들은 모둔에게 맡겼으니, 나머지 세 곳은 자신이 맡아야만 했다.

가온은 미리 허락은 받아 두었지만 그럼에도 불구하고 공작을 다시 쳐다보지 않을 수 없었다.

끄덕! 끄덕!

재차 허락을 받은 가온의 손바닥이 얇은 천 위로 헤롯의 아랫배 위에 올려졌다.

늘 착용하고 있지만 착용감이 거의 없어서 인식하지 못하고 지내는 플렉마니체, 즉 흡정 장갑이 이제 제 역할을 할 차례다.

'원하는 기능이 나올 때까지 강화를 하느라고 10만 포인트나 썼지.'

원래 흡정 장갑은 살아 있는 생물을 대상으로는 사용하지 못했다.

그렇기에 헤롯의 병증을 치료하기 위해서 어쩔 수 없이 강화를 해야 했는데, 등급이 신화급이라서 3강을 하는 데 10만 포인트나 필요했다.

'그래도 헤롯의 양기는 그 정도의 가치가 있어.'

자신의 오행기라면 그 정도 양기는 충분히 포용할 수 있을 거라고 가온은 확신했다.

어쨌든 손바닥을 헤롯의 아랫배에 올린 가온은 금방 주위를 잊을 정도로 집중했다.

'느껴진다!'

부풀어 오르면서 혈관과 마나로드를 향해 붉은 색감의 촉수를 뻗고 있는 아랫배의 양기를 감지한 순간 가온은 그 기운을 잡아당기기 시작했다.

수우욱!

손바닥에 낀 흡정 장갑으로 양기가 흡수되기 시작했다.

'됐어!'

이제 양기의 흡수는 흡정 장갑에게 맡기고 자신은 순화되는 마나를 연공을 통해 자신의 것으로 만들어야 했다.

혈관과 마나로드를 타고 헤롯의 전신으로 퍼져 가던 양기는 강력한 흡력에 의해서 가온의 몸으로 유입되었다.

'엄청난 기세네. 생각보다 훨씬 더 강한 양기야.'

이렇게 되면 자신도 연공에 전념해야만 했다.

곧 가온은 시간의 흐름조차 잊어버리고 흡정 장갑을 통해 흡수되는 양기를 연공을 통해 재차 순화시키는 일에 완전히 집중했다.

순화된 마나는 순식간에 가온의 마나오션을 가득 채워 버렸다.

'다른 저장 공간이 필요해!'

마나오션은 본디 오랜 시간을 들여서 확장을 해야만 했다. 급격하게 확장시킬 수가 없는 것이다.

몸에 쌓아 두면 오히려 몸이 상할 뿐이라 배출하는 것이 정답이지만 그러기에는 너무 아까웠다.

잠깐 고심하던 가온은 순화시킨 마나를 미들오션으로 이끌었다.

콰과가강!

미들오션은 여유가 꽤 있었지만 워낙 유입되는 마나의 양이 많아서인지 오래지 않아 가득 채워졌다. 미들오션이 작기도 했지만 그만큼 순화시킨 양기의 양이 엄청났기 때문이다.

미들오션이 폭발 직전까지 확장되자 가온은 마지막으로 어퍼오션으로 순화시킨 양기를 이끌었다.

어퍼오션에 자리를 잡은 뇌정기는 아직 채워지지 않아서 공간에 여유가 꽤 많았음에도 불구하고 폭포수처럼 유입되는 마나는 얼마 지나지 않아 어퍼오션을 가득 채웠다.

'그만 흡수해야 하나?'

이미 세 마나오션은 가득 차 버렸다. 더 강한 회전으로 압축을 시키면 더 채울 수 있을 것 같긴 한데 그래 봐야 그렇게 많은 여유가 있는 건 아니다.

헤롯의 상태를 확인해 보니 흡수한 양기는 전체의 대략 2할.

모둔이 맡은 세 곳은 원래 저장 공간이 크지 않아서인지 저장하고 있던 양기가 원래 많지 않았기에 별문제가 없었지만 자신이 맡은 세 곳 중 원래의 마나오션은 아직도 반 이상의 양기가 남아 있었다.

마나오션의 크기나 담고 있는 양기의 양만 보면 소드마스터의 끝자락일 정도로 어마어마했다.

이대로 흡수를 멈추면 이전보다는 조금 낫겠지만 본인이나 다른 이가 보기엔 그리 큰 차이가 없을 것이다. 신물이 품고 있던 음기를 담은 신성력이 거의 다 떨어져 가기 때문에 더 위험했다.

그렇다고 마냥 양기를 흡수할 수는 없었다. 자신의 몸이 받아들일 수 있는 양은 한계가 있기 때문이다.

'차라리 외부로 방출해 버릴까? 그렇게 하기에는 너무 아까운데.'

아깝다고 해서 남에게 주입해 줄 수도 없었다. 자신의 오행기와 오행심법은 양기를 능히 포용할 수 있지만 다른 사람의 경우 이질적인 마나로 인해 심각한 내상을 입거나 심하면 죽을 수 있었다.

저장의 구슬을 사용할까도 생각했지만 거기에는 이미 다른 속성의 마나가 저장되어 있었다.

게다가 저장의 구슬을 사용하는 것은 양기를 받아들여 연공을 통해 순화시키는 것과 달리 무척 세심한 작업이라 심력의 소모도 클 뿐 아니라 자칫 헤롯이 위험해질 수도 있다.

'처음부터 저장의 구슬을 사용했어야 했어.'

하지만 그 생각은 하지 못했으니 지금 고려해 봐야 소용없었다.

'다른 방법을 찾지 못하면 외부로 방출해야 해!'

그렇게 결론을 내렸지만 양기가 너무 아까워서 주저할 수밖에 없었다.

기연

　마나 밀도가 빠르게 높아지는 가운데 고민을 하던 가온은 문득 처음 살펴봤던 헤롯의 상태를 떠올렸다.

　'마나 저장소가 세 곳이 아니라 여섯 곳이었어!'

　헤롯의 경우 세 마나오션은 물론이고 목과 성기 그리고 회음부에도 양기가 가득 채워져 있었다.

　확신이 없었다면 감히 시도할 수 없었겠지만 헤롯을 통해 다른 세 곳의 마나 저장소를 확인했기 때문에 주저하지 않았다.

　가온은 순화된 양기를 그 세 곳으로 이끌어서 의념으로 강하게 회전을 시켜 핵이 될 시드를 생성한 후 저장하기 시작했다.

의념을 나누어 세 곳에 동시에 마나시드를 생성하고 순화된 양기를 저장하는 과정은 어려웠지만 다행히 가능했다.

처음 마나를 받아들여서 쌓기 시작하자 당연히 세 곳의 새로운 마나오션은 금방이라도 찢어질 것처럼 팽창했지만 그래도 순화된 마나가 쌓이기 시작했다.

'된다!'

새로운 사실을 알았다. 마나오션은 세 곳이 아니라 총 여섯 곳이었다.

가운은 더욱 정신을 집중해서 새로 연 세 마나오션에 순화된 마나를 쌓는 데 전념했다.

"대사제, 약을 쓰는 것도 아니고 대체 무슨 방법으로 헤롯을 치료하는 걸까요?"

치료가 시작된 지 두 시간이 지나는 동안 입을 굳게 다물고 있었던 공작이 도저히 참지 못하겠는지 함께 지켜보던 제린 대사제에게 물었다.

"그거야 저도 알 수 없지만 헤롯 양이 발산하고 있던 열기가 빠르게 사라지고 있어요."

그러고 보니 헤롯의 몸은 더 이상 열기를 발산하지도 않고 있었고 불타는 것처럼 붉었던 피부도 원래대로 돌아오고 있었다.

"치료가 다 된 건가?"

그건 알 수가 없었다.

'마나가 거의 느껴지지 않아. 이거 위험한 거 아닌가?'

평소와 비슷하지만 다른 이유로 창백해진 헤롯의 몸에서는 마나는 물론 생명력이 거의 느껴지지 않았다.

하지만 그런 변화는 가온도 방금 전에 인식했다. 정령들이 경고해 주었다.

-온 님!

-그만해! 얘 죽을 것 같아!

모둔에 이어 녹스의 의념이 전해지자 헤롯에게서 마나를 흡수하는 데 집중하고 있던 가온이 정신을 차렸다.

'죽을 것 같다고?'

왜 녹스가 나왔는지는 알 수 없었지만 의념의 내용에 놀라 그렇게 물었다.

-양기는 물론 원래 가지고 있었던 마나까지 흡수해 버렸어. 그리고 지금은 생명 유지에 필요한 마나까지 흡수하는 중이고.

양기 흡수에 너무 집중한 나머지 큰일이 날 뻔했다.

마나오션의 상태를 살펴보니 새로 연 세 마나오션 역시 거의 한계까지 차 있었다.

'모둔, 양기는 다 흡수한 거야?'

-네. 구슬로 모아 두었어요.

그렇다면 이젠 되돌려줄 차례다. 물론 한번 순화가 된 상태라 어느 정도 양기의 속성을 가지고는 있었지만 더 이상 위험하지는 않다.

그렇다고 흡수해서 순화한 양기 모두를 돌려줄 수는 없다. 욕심 때문이 아니었다.

'내가 그동안 축적한 마나의 다섯 배에 달할 정도이니.'

새삼 그녀가 먹은 영초의 정체가 궁금하지 않을 수 없었다.

헤롯의 마나오션은 물론이고 마나로드도 그 엄청난 양의 양기를 담기에 너무 부족했다.

아마 영초를 복용한 후 늦지 않게 착용한 신물이 아니었다면 양기가 폭발해서 죽었을 것이다.

가온은 순화시킨 마나를 헤롯의 몸 안으로 되돌려주었다. 그리고 그 마나는 그녀의 텅 빈 마나오션을 채우기 시작했다.

신물로 인해 폭발을 피했지만 양기의 확장과 수축 현상이 수없이 되풀이되면서 헤롯의 마나오션은 거의 가온의 그것만큼이나 커져 있는 상태였다.

순식간에 헤롯의 마나오션을 순화된 마나로 가득 채워 준 가온은 손을 뗄까 하다가 인심을 좀 쓰기로 했다.

'나한테 기연을 주었으니 받을 자격이 있지.'

가온은 이미 그녀의 몸이 자신의 것으로 인식한 마나를 사용해서 마나로드를 확장시켜 주기로 결심했다.

순화를 시킨 상태이기 때문에 자신만의 특성도 포함이 되어 있었지만 그녀의 특성도 공유하고 있기에 전혀 위험하지 않았다.

가온이 그 작업을 시작하자 헤롯의 피부 가까이 지나는 혈관과 마나로드가 터질 것처럼 부풀었다가 가라앉으며 마치 피부에 지렁이가 지나가는 것과 같은 끔찍한 일이 벌어졌다.

원래 이런 식으로 타인의 마나로드를 확장시켜 주는 일은 고통 때문이라도 불가능했지만, 헤롯은 현재 거의 기절과 다름없는 수면 상태에 들어가 있기 때문에 마나로드가 확장되는 과정에서 겪는 고통을 느끼지 못해서 다행이다.

가온은 마나오션에 가득 차 있는 마나를 효과적으로 사용할 수 있을 정도로 마나로드를 확장시킨 후에야 헤롯의 아랫배 위에 올린 손바닥을 뗐다.

"어, 어떻게 되었나?"

몇 시간 동안 미동도 하지 않고 치료 과정을 지켜보고 있던 헤트랑 공작이 떨리는 목소리로 물었다.

"운이 좋았습니다. 다행히 완벽하게 치료가 되었습니다. 육체는 소드마스터 경지에 도달한 상태이고요. 한번 확인해 보십시오. 더 이상 몸에 해가 되는 양기는 없습니다."

가온의 말에 헤트랑 공작은 소드마스터답게 황급히 마나를 투사해서 손녀의 몸 상태를 확인해 보았다.

가온의 말에 잠시 안도했지만 불안감이 가시지 않았던 그의 얼굴은 얼마 후 환해졌다.

"세상에! 어떻게 이런 일이! 이건 기연이야! 기연!"

단순히 마나 보유량만 소드마스터에 해당하는 것이 아니었다. 마나오션과 마나로드 역시 그에 알맞게 커져 있었다.

"고맙네! 이 은혜는 내 죽을 때까지 잊지 않겠네! 아까 약속한 건 꼭 지키도록 하지!"

헤트랑 공작의 얼굴은 하회탈처럼 변해 있었다.

그럴 수밖에 없었다.

'우리 헤롯이 소드마스터가 되었다니!'

자신이 살펴본 헤롯의 마나오션은 마치 바다처럼 커졌으며 마나로드 역시 자신보다 더 넓고 튼튼했다. 당연히 마나 보유량 역시 자신의 그것을 크게 상회했다.

마나 보유량만으로 소드마스터가 되는 것은 아니지만 그 경지에 도달하는 건 시간문제였다. 부족한 건 검술에 대한 깨달음과 숙련밖에 없었고 그건 시간이 얼마가 걸리건 그가 채워 줄 수 있었다.

헤롯의 나이가 이제 스물여섯 살이라는 점과 그 나이에 소드마스터에 입문한 검사가 손가락 안에 들 정도라는 사실을 생각하면 이건 가문의 영광이다.

이건 기연 정도가 아니었다. 무엇보다 언제 죽어도 이상하지 않았던 손녀를 살려 준 것이다.

"아닙니다. 그저 인연이 닿았다고 생각하시면 됩니다."

헤롯에게도 좋은 일이지만 자신에게도 좋은 일이니 이 건으로 보상을 받는다면 마음이 편할 것 같지가 않았다.

뭘 주어도 아깝지 않을 것 같았지만 그래도 원하는 것이 있는지 물으려고 했을 때 제린이 나섰다.

"온 대장님, 그런데 대체 어떤 방법으로 헤롯의 몸 안을 가득 채우고 있던 양기를 없앤 건가요?"

이제까지 묵묵히 지켜보고 있던 제린 대사제가 물었는데 그 눈빛이 얼마나 강렬한지 대답하지 않으면 죽을 것 같은 위압감이 담겨 있었다.

그럴 수밖에 없는 것이 얼마 살지도 못할 사람을 단숨에 소드마스터로 만들었기 때문이다.

대사제인 만큼 그녀도 헤롯의 몸이 소드마스터의 그것으로 변했다는 사실을 파악했다.

'마탑들은 물론 본 신전의 모든 역량을 다 기울였지만 헤롯을 치료하기는커녕 상태를 호전시키지도 못했어!'

분명히 마법으로 치료한 것은 아니다. 가온이 마법을 쓸 수 있기에 치료 마법을 쓰는 건가 했지만 그건 분명히 아니었다.

그가 한 일은 하나밖에 없었다. 그저 잠든 헤롯의 아랫배에 손바닥을 올려놓은 것이 전부였다.

하지만 그 결과는 엄청났다. 마탑들은 물론 헌신의 신전을 포함한 어떤 신전에서도 치료하지 못한 헤롯을 정상으로, 아니 소드마스터의 몸으로 만들어 놓은 것이다.

당연히 궁금할 수밖에 없었다. 그리고 그건 헤롯을 거의 2년이나 돌봐 왔던 그녀에게는 반드시 알아야만 하는 일이었다.

"제가 한 일은 헤롯 양의 몸 안에 있는 양기를 밖으로 배출한 것밖에 없습니다."

"그러니까 어떻게 배출시켰냐고요?"

뭔가 뜬구름과 같은 소리를 하자 제린 대사제는 자신도 모르게 목소리를 높였다.

"그건 비전이기 때문에 말씀드릴 수 없습니다."

자신이 흡수했다고 어떻게 말한단 말인가. 게다가 어차피 흡수해서 순화시킨 양기의 경우 헤롯도 그렇지만 자신도 부단히 더 순화시켜야만 사용할 수 있었다.

"하지만……."

제린은 뭔가 더 말하려고 했지만 딱히 할 말이 없었다. 비전이라는 단어에 더 이상 요구할 수가 없었기 때문이다.

거기에 손녀의 생명을 구한 가온에게 특별한 감정을 갖게 된 헤트랑 공작이 눈빛으로 그만하라는 압력을 주었기 때문에 궁금함을 억지로 눌러야만 했다.

'기연을 얻긴 했지만 원래의 목적은 달성하지 못했네.'

헤롯은 잠든 사이에 엄청난 육체 변화를 겪었기 때문에 깨어난다고 해도 바로 마나를 사용할 수가 없었다.

워낙 어릴 때부터 수련을 해 왔고 육체는 가장 전성기이기 때문에 보기에는 큰 차이가 없었지만, 골밀도나 근섬유 등 보이지 않는 부분에서 큰 변화가 일어났다.

당연히 그런 변화에 적응하는 시간이 필요했다.

'공작이 좋아할 만하네. 마나오션과 마나로드를 확장하는 과정에서 바디체인지를 하다니.'

깨어나면 변한 몸 상태에 적응하기 위해서 육체 수련과 연공을 해야만 했다.

헤롯을 활용하는 방안이 수포로 돌아갔으니 다른 대안이 필요했다.

'차라리 투명 날개를 한 번 더 강화할까?'

그렇게 되면 더 몸집이 큰 사람들도 감당할 수 있을 것 같았다.

"이 비전은 심력이 많이 소모되기 때문에 저도 이제 연공을 해야 합니다."

"그래. 그걸 생각하지 못했군. 은혜는 나중에 꼭 갚도록 하지. 막사에서 잠시 쉬게나."

헤트랑 공작이 아직도 미련이 뚝뚝 떨어지는 제린의 눈길을 막아 주었기 망정이지 골치 아플 뻔했다.

연공을 핑계로 혼자만의 시간을 가지게 된 가온은 투명화 스킬을 사용해서 은밀히 밖으로 나왔다.

주위에 사람이 보이지 않는 곳에 도착한 가온은 일단 투명 날개를 장착했다. 물론 다른 사람들 눈에 보이지 않도록 투명 상태였다.

"어?"

이상한 일이다. 날개가 바로 전에 봤을 때보다 거의 반 배 정도 커져 있었다.

단순히 날개가 커진 것만이 아니다. 날개가 가진 힘 자체가 크게 달라져서 이전에 비하면 두세 배의 무게도 충분히 감당할 수 있을 것 같았다.

이상한 마음에 투명 날개에 대한 상세 내용을 다시 되새김 하던 가온이 고개를 끄덕였다.

'이거 성장형 아이템이었지. 그렇다면?'

황급히 자신의 상태를 확인해 본 가온의 눈이 튀어나올 듯 커졌다.

'마나가 폭발적으로 늘어났어!'

툴람 왕국의 의뢰를 마친 후 확인했을 때와 비교하면 마나가 무려 네 배 넘게 늘어나 있었다.

그게 전부가 아니었다. 뇌전기는 거의 두 배, 신성력은 무려 여덟 배가 넘게 폭증한 상태였다.

'이게 대체 무슨…… 아!'

헤롯으로부터 흡수한 양기와 신물에 담겨 있던 신성력을

떠올린 가온은 세 에너지가 폭증한 이유를 이해할 수 있었다.

'뇌전기는 어퍼 오션을 가득 채웠기 때문일 테고.'

이렇게 되면 굳이 투명 날개를 강화시킬 필요가 없었다.

'그럼 당장 구조물의 크기부터 키워야겠네.'

굳이 몸집이 작은 사람을 고집하지 않아도 되며 인원이 더 늘어도 된다.

가온은 바로 일행이 있는 곳으로 향했다.

오래 걸리는 일이 아니니 의뢰를 바로 시작할 수 있을 것이다.

일행이 있을 막사로 달려가는 가온의 발걸음이 무척이나 가벼웠다.

사냥 시작

정찰을 위해 투명 날개를 장착한 가온은 높이 올라간 후 본대 숙영지 주위를 시작으로 범위를 넓혀 정찰했다.

블랙 켄타우로스는 금방 찾을 수 있었다.

'놈들의 본대는 토벌군 본대에서 대략 5킬로미터 떨어져 있군.'

본대라고는 하지만 제대로 된 건물이 있는 것은 아니고 엄청난 숫자가 모여 있는 것에 불과했다.

'저기 토벌군과 가까운 곳에 잠복한 무리가 있네!'

토벌을 시작한 이후 적어도 50마리 단위로 움직인다는 블랙 켄타우로스 무리가 눈에 들어왔다.

놈들은 대략 7에서 10미터 높이의 낮은 언덕 뒤편에 숨어

서 약 1킬로미터 정도 떨어져 있는 토벌군의 숙영지 세 곳을
감시하고 있었다.

숙영지의 위치가 주변에서는 그나마 높은 곳이었지만 1킬
로미터는 육안은 물론 매직아이로도 쉽게 관측하기 어려운
거리였다.

그런 무리는 하나가 아니었다.

'다섯 무리나 되는군.'

블랙 켄타우로스 한 무리는 토벌군 3개 부대를 맡아서 감
시하고 있었다.

놈들은 얕기는 하지만 언덕이라는 지형을 이용해서 잠복
하고 있었다.

'저놈이 오십마장이고 다섯 놈이 십마장이네.'

오십마장은 뿔이 두 개였고 십마장은 뿔이 하나였는데 이
름 그대로 몸이 새까매서 어두워지면 육안으로 확인하기가
힘들 것 같았다.

'제대로 잠복했네.'

저격 위험을 무릅쓰고 플라잉 마법으로 지상에서 높이 올
라간다고 해도 주위를 빠르게 날아다니지 못한다면 언덕의
경사면에 몸을 붙이고 있는 놈들을 쉽게 발견할 수 없었다.

'들은 대로 주 무기는 활과 창이군.'

블랙 켄타우로스의 옆구리 한쪽에는 열 개 정도의 창이 옆
으로 매달려 있었고, 다른 한쪽에는 서른 발 정도 들어가는

전통 다섯 개가 달려 있었다.

빠른 기동력과 뛰어난 시력 그리고 정확한 궁술과 투창술을 가진 블랙 켄타우로스를 상대하는 것은 확실히 어려운 일이다.

'하지만 내게는 너희들을 사냥할 좋은 방법이 있지.'

가온은 일단 잠복한 블랙 켄타우로스 무리의 뒤쪽을 날아다니면서 놈들을 사냥할 준비를 하기 시작했다.

시간은 좀 걸리겠지만 가온의 계획이 들어맞는다면 블랙 켄타우로스 무리는 온 클랜의 밥이 될 것이다.

활짝 편 투명 날개는 가온과 네 명을 충분히 감당할 수 있는 강력한 힘이 있었다.

"우와아!"

"쉿!"

몸은 트롤 뼈로 만든 구조물에 가죽끈으로 단단히 결박된 상태지만 하늘로 비상하는 느낌에 환호성을 지르던 로테가 세르나의 말에 황급히 입을 다물었다.

가온의 몸 앞면과 뒷면에 단단히 고정된 구조물의 왼편에는 로테와 세르나가, 오른쪽에는 스톤과 미노스가 자리하고 있었는데 처음 하늘을 나는 기분에 흥분을 감추지 못하는 얼굴이었다.

순식간에 하늘로 날아올라 바람을 탄 가온은 목표를 향해 빠르게 날아갔다.

이동식 텔레포트 마도구를 통해 미리 선정한 장소로 이동한 다른 대원들은 이미 준비가 끝난 상태였다.

이제 막 앞쪽으로 진군하기 시작한 토벌군과 1킬로미터 정도 떨어진 낮은 언덕 뒤편에 목표인 블랙 켄타우로스 오십마대가 몸을 숨기고 있었다.

놈들은 옆구리에 매달고 있는 화살과 창을 하나씩 살펴보고 있는 것으로 보아 곧 주특기인 치고 빠지기 공격을 준비하고 있었다.

아마 다른 때와 마찬가지로 토벌군 선두가 150보 이내로 들어오는 순간 쏜살같이 언덕을 넘어가서 화살을 몇 발씩 날리고 본대 쪽으로 도망칠 것이다.

'하지만 오늘은 달라!'

가온은 먼저 놈들이 은신하고 있는 낮은 언덕으로부터 대략 4킬로미터 정도 떨어져 있는 블랙 켄타우로스 본대의 눈을 가리기 위해서 카오스를 소환했다.

-그쪽 방향에 흙바람을 일으켜서 못 보게 하라는 말이지?

'그래. 정확하게 이해했어.'

블랙 켄타우로스의 뛰어난 시력이라면 육안 정찰만으로도 돌아가는 상황을 파악할 수 있었다.

온 클랜이 의뢰를 빠르게 완수하려면 그런 정찰의 눈길을 피해야만 했다. 그래서 지금도 자신은 날개를 투명 모드로 돌렸고 내 대원도 은신 스크롤을 사용한 상태다.

얼마 후 바싹 마른 초지에서 토네이도가 발생하더니 이내 짙은 흙먼지가 피어나 오십마대가 은신한 언덕과 블랙 켄타우로스 본대 사이를 가렸다.

'준비!'

가온의 의념이 네 대원에게 전해졌다.

순간 로테와 스톤은 시위에 걸고 있는 강철 화살에 마나를 주입했고 세르나는 바람의 중급 정령을 소환해서 윈드샷 건에 동화시켰다.

마지막으로 미노스는 마나포에 마나를 주입한 후 가온이 '발사'라는 의념을 보내는 순간 마나포탄을 발사했다.

로테와 스톤이 날린 화살은 정확하게 블랙 켄타우로스의 머리를 꿰뚫었고, 세르나의 윈드샷 건과 미노스의 마나포에서 발사된 바람탄과 마나포탄은 놈들의 바로 앞부분 초지 바닥을 직격했다.

가온은 블랙 켄타우로스 무리와 100미터 떨어진 상공에서 놈들의 왼쪽 부분을 바라보고 있었다.

"커억!"

"끄윽!"

퍽! 꽝!

몇 마디의 비명과 함께 빗나갔지만 바닥에 깊은 구멍이 뚫리는 소리들이 숨어 있던 블랙 켄타우로스 무리를 혼란스럽게 만들었다.

놈들은 혼비백산해서 주위를 둘러보았지만 작은 토네이도로 인해서 본대 방향의 좁은 면적에 피어오른 흙먼지 외에는 아무것도 보이지 않았다.

기습 대상인 토벌군은 이제 막 움직이기 시작한 터라 한참 떨어져 있었기에 블랙 켄타우로스 오십마대는 어리둥절할 수밖에 없었다.

그때 두 번째 사격이 이루어졌다.

퍽! 퍽! 퍽! 팍!

"위! 위에 뭔, 컥!"

눈에 보이는 것은 없지만 피격된 사체와 바닥의 구멍을 보고 머리에 뿔이 두 개 나 있는 오십마장이 주위에 경고하다가 머리통이 통째로 날아갔다.

'일이 쉬워지겠네.'

블랙 켄타우로스 무리가 뭉쳐 있었기에 오십마장을 쉽게 찾아내지 못했던 가온은 놈의 경고성에 준비했던 마나탄을 날린 것이다.

"적이다!"

"도망쳐!"

십마장으로 추정되는 놈들이 공황 상태에 빠진 수하들을 향해 외치며 먼저 발굽으로 바닥을 강하게 박찼다.

벌써 오십마장을 포함해서 열 이상의 동료가 머리가 통째로 날아가거나 화살에 맞아 죽었으니 머리엔 도망친다는 생각밖에 없었다.

분명히 공격을 받고 있으며 동료들이 죽어 나가는 상황인데 적은 보이지 않으니 블랙 켄타우로스가 도망칠 수 있는 방향은 한 곳밖에 없었다.

정면의 언덕이 낮다고는 하지만 빠르게 올라가긴 힘들뿐더러 그쪽은 토벌군이 진군하는 방향이다.

원래라면 본대 쪽으로 도망을 쳐야 하지만 그쪽은 흙먼지를 빨아올리는 토네이도가 움직이고 있으니, 남은 것은 언덕의 양쪽밖에 없었다.

하지만 왼쪽은 안 된다. 자신들도 활을 사용하는지라 기습해 온 상대가 그쪽에 있다는 사실을 파악할 수 있었다.

블랙 켄타우로스 오십마대는 순식간에 판단을 내리고 오른쪽을 향해 내달렸다.

"정말 빠르긴 하네!"

전투마들보다 훨씬 빠르다고 하더니 과연 그랬다. 순식간에 언덕에서 멀어지고 있었다.

구조물에 몸을 결박시킨 채 각자의 무기로 블랙 켄타우로스를 저격하는 네 사람은 무리하지 않았다.

"대장님이 더 빨라!"

아무리 블랙 켄타우로스가 빨리 달린다고 해도 하늘을 날고 있는 가온보다 빠르지는 않다.

가온의 비행 속도에 맞추어서 미리 명령을 받은 대로 화살과 윈드샷 그리고 마나포탄을 날리기만 하면 되는 것이다.

하지만 블랙 켄타우로스들도 머리가 나쁘지는 않았다. 보이지 않는 적이 공중에서 자신들을 향해 화살을 날린다는 사실을 인지한 놈들은 일직선이 아니라 지그재그로 움직이며 도망쳤다.

또한 가온과 네 사람이 날린 투사체는 놈들을 직접 노리지 않았다. 마치 블랙 켄타우로스의 대형을 유지시킬 생각인지 양쪽 옆으로 날아갔다.

당연히 블랙 켄타우로스들은 무리를 이룬 상태로 투사체들이 유도하는 대로 달려갈 수밖에 없었다.

그리고 놈들은 지대가 주위보다 상당히 낮고 좁으며 기다란 지대로 들어설 때까지 미처 그 사실을 깨닫지 못했다.

거기에 도착했을 때는 남은 블랙 켄타우로스가 삼십 마리가 채 되지 않았는데 갑자기 가장 앞에서 달리던 놈이 비명을 질렀다.

"진창이다!"

전속력으로 달리고 있었기에 동료의 비명과 같은 경고에도 나머지는 속도를 줄이지 못해 결국 진창으로 들어서고 말았다.

블랙 켄타우로스들은 본능적으로 이것이 함정임을 깨달았다. 바싹 말라 있던 초지가 분명할 텐데 바닥이 무릎까지 빠질 정도의 진창으로 변해 버린 것이다.

그때 진창이 된 땅 주위에서 사람들이 일어섰다. 바로 온 클랜원들이었다.

그들은 그동안 몸이 들어갈 크기의 구덩이를 판 후 풀이 나 있는 흙더미를 머리에 덮어쓰고 앉아서 블랙 켄타우로스들이 함정에 빠지기만을 기다리고 있었다.

"공격!"

나크 훈의 명령에 온 대원들은 뒤로 젖혔던 팔을 앞으로 힘차게 뻗었는데, 그들의 손에는 강철 창이나 쇠뇌가 들려 있었다.

쐐액! 쐐액! 슉! 슉!

쇠뇌도 그렇지만 창에 실린 힘의 크기나 날아가는 창의 속도는 사람마다 달랐지만 공통점도 있었다. 그건 바로 정확도였다.

일정한 거리를 두고 구덩이를 팠기에 바로 자신의 앞에 있는 놈만 노리면 목표가 중복될 가능성은 없었다.

고도 차이가 심하지는 않지만 위에서 아래를 향해 쇠뇌를 발사하거나 창을 던지는 것이기에 실수라도 같은 대원을 맞힐 위험성도 없었다.

블랙 켄타우로스들은 다리에 힘을 주어 어떻게든 진창을 빠져나가려고 애썼지만 그럴수록 진창은 더욱 발을 잡아당겼다.

십마장을 포함한 네 마리가 볼트와 창 세례를 피해 간신히 대원들이 있는 쪽으로 올라왔지만, 놈들은 오러 블레이드와 검사를 맞이해야만 했다.

버프와 축복을 받은 상태에 쾌보까지 사용하는 온 클랜원들은 기동력이나 민첩 면에서도 블랙 켄타우로스를 능가했으니 순식간에 놈들을 정리할 수 있었다.

그렇게 51마리로 이루어진 블랙 켄타우로스 무리는 순식간에 전멸했다.

토벌군이 번번이 놓쳤던, 그리고 토벌군을 항상 열 받게 만들었던 블랙 켄타우로스 별동대를 그렇게 쉽고 빠르게 해치웠지만, 감흥에 젖은 대원은 없었다.

"간에 기별도 안 가네."

누구의 말대로 뛰어난 기동력을 빼면 애초부터 온 클랜의 상대가 될 수 없는 사냥감이었다.

온 클랜의 작전 성과는 바로 토벌군 수뇌부에 전해졌다.

"정말 대단하네요."

"매번 기습을 당하다가 제대로 기습에 성공하니 속이 다 시원합니다!"

"소문이 과장된 것이 아니었습니다."

플라잉 마법과 매직아이로 상공에서 온 클랜의 몰이사냥을 처음부터 끝까지 지켜본 마법사들의 보고를 받은 토벌군 수뇌부는 낭보에 크게 기뻐하는 동시에 온 클랜의 능력에 감탄했다.

"우리에게도 비행 아이템이 있었다면 진즉 놈들을 사냥할 수 있었을 텐데 너무 아쉽습니다."

누군가는 그렇게 폄하하기도 했지만 대부분은 그 의견에 동조하지 않았다.

온 대장이 그런 아이템을 공으로 얻은 것도 아닐 테고 설사 아무리 비행 아이템을 가지고 있다고 하더라도 그런 식으로 몰이를 할 생각은 쉽게 떠올리기 힘들었다.

게다가 정령사들을 이용해서 토네이도를 발생시켜 본진의 눈을 피하는 것이나 진창을 만들어서 도망치던 놈들의 발을 묶는 것도 토벌군으로서는 할 수 없는 일이다.

"우리에게 비행 아이템이 있었더라도 그렇게 신속하고 정확하게 몰이사냥을 하긴 힘들어요. 온 클랜만이 할 수 있는 일이네요."

"의뢰하길 잘한 것 같습니다."

보고를 받고 이런저런 생각을 하던 제린과 링거가 그렇게 의견을 밝히자 헤트랑 공작도 고개를 끄덕였다.

"맞네. 오직 온 클랜만이 할 수 있는 일이지."

온 클랜은 정말 사고의 틀을 뛰어넘는 전략 전술을 생각해 내고 수행하는 능력을 가지고 있었다.

"그래도 좀 더 지켜봐야 합니다. 놈들이 계속 기습을 허용하지는 않을 테니까요."

토벌군이 상대해 온 블랙 켄타우로스는 무척 영악하니 마냥 당하고만 있지는 않을 것이다.

아무튼 토벌군의 입장에서는 일단 상황을 지켜보는 수밖에 없었다.

블랙 켄타우로스 킹은 본대와 토벌군 사이에 다섯 개의 부대를 이 열로 배치하고 있었다.

각 부대는 오십마대로 오십마장이 이끌고 있으며 상황에 따라서 정찰은 물론 치고 빠지는 전술을 구사할 수 있는 능력을 가지고 있었다.

전열의 오십마대들이 기습에 성공하고 뒤로 빠지면 당연히 분노한 인간 토벌대가 그 뒤를 쫓을 텐데, 그때는 후열의 오십마대들이 매복을 하고 있다가 다시 기습을 하는 방식으로 전과를 올리는 작전이다.

지금까지는 이 작전이 실패한 적이 없었다. 그만큼 블랙 켄타우로스의 궁술과 투창술 그리고 기동력이 뛰어났다.

그런 능력을 가지고 있었기에 5만이 넘는 인간 토벌군의 공격을 효율적으로 막아 내면서 그동안 상당한 전과를 거둔 것이 사실이다.

그런데 상황이 급변했다. 오십마대 열 개가 아무런 소식도 없이 사라지고 만 것이다.

"대체 우리 전사들은 뭘 하고 토벌군이 지척까지 오는 것을 막지 못한 것이냐?"

한창 암컷 세 마리를 연달아서 범하고 있던 킹은 삼면에서 토벌군이 500보 거리까지 접근했다는 대전사장 브라흐의 보고를 듣고 크게 화를 냈다.

"본대 근처에 생긴 다섯 개의 토네이도로 인해 발생한 흙먼지 때문에 바깥 상황을 전혀 파악하지 못하고 있었습니다."

킹과 킹이 고르고 고른 암컷들의 교미 현장을 생생하게 보게 된 대전사장이 빳빳해진 물건을 숨기지 못한 상태로 대답했다.

"그럼 우리 전사들의 행방조차 모른단 말이냐?"

킹은 여전히 암컷을 올라탄 상태로 허리를 계속 흔들며 물었다.

"네! 토네이도가 처음 관측된 건 인간 쪽이었고 이쪽을 향해 이동했기 때문에 아마도 이곳을 우회해서 뒤로 도망친 것 같습니다."

"이상하군. 토네이도라니?"

이 던전은 건초 초원이 넓게 펼쳐진 공간이었기에 가끔 토네이도가 생기기도 하지만 시야를 모두 가릴 정도로 대단한 규모가 된 경우는 없었다.

"어떻게 할까요?"

"뭘 어떻게 해. 이렇게 되면 전면전을 치러야 하는데 인간이 우리보다 숫자가 많으니 일단 물러난다!"

"얼마나 물러날까요?"

"전과 동일한 거리를 유지해!"

"알겠습니다!"

유일한 오천마장인 대전사장 브라흐는 당장이라도 대도를 들고 흙먼지를 뚫고 나아가 인간들을 죽이고 그 따뜻한 피를 마음껏 들이마시고 살을 뜯어먹고 싶었지만, 일단은 킹의 명령에 복종하기로 했다.

발정기가 따로 없을 정도로 교미를 즐기는 이 젊은 킹은 자신이 물어 죽인 전대 킹과 달리 아주 머리가 좋았다.

'원수이기는 하지만 킹이 우리 일족의 전투력을 몇 단계나 높였지.'

눈앞에 있는 킹이 전대 킹을 죽이고 킹의 자리에 오른 후 가장 먼저 한 일은 모라이족과 전쟁을 벌이는 것이었다.

누구도 신경 쓰지 않았던 모라이족은 아무런 도구도 사용하지 않고 생물의 뼈를 이용해서 화살과 창을 만들어 내는 능력을 가지고 있었다.

이전에는 무기로 삼을 것이 없어서 돌을 갈아 촉을 만들고 얼마 안 되는 대형 동물을 죽여 그 뼈를 추출해서 창대를 삼아 창을 만들어 사용했었다.

당연히 사냥 효율은 엄청나게 높아졌다. 얼마 지나지 않아서 이 고립된 공간에 살던 다른 맹수와 마수 그리고 몬스터들은 모조리 일족의 먹이가 되었다.

　제대로 된 무기를 가지게 된 블랙 켄타우로스는 이 고립된 공간의 진정한 주인이 될 수 있었다.

　더 이상 사냥할 대상이 없어서 이 공간을 빠져나갈 생각으로 탐색을 시작했을 때 인간들이 대거 들어왔다.

　처음에는 인간들에게 많이 죽었다. 인간들도 자신들처럼 화살을 사용할 줄 알았고 무엇보다 빛나는 검을 휘두르는 강자들이 많았기 때문이다.

　하지만 불리했던 전세는 킹이 나서는 순간 바로 바뀌었다.

　치고 빠지는 전술을 처음 생각해 내고 그 전술로 숫자가 몇 배는 더 많은 인간들을 상대로 높은 전과를 올린 것도 바로 이 젊은 킹이었다.

　'킹이 물러나야 한다고 판단했다면 물러나야지!'

　비록 수하들을 뒤로 물렸지만 대전사장 브라흐는 다른 마음을 품었다.

　'네 지식을 모두 흡수한 후 도전식을 치러 네 목을 물어뜯어 뜨거운 피를 마시고 심장을 먹어 내 아비의 복수를 해 주마!'

　전대 킹은 비록 사납고 호전적이었지만 그의 아비였고 지금 놈에게 교미당하는 암컷 중 하나는 그의 암컷이었다.

브라하는 우연히 힘을 키울 수 있는 방법을 찾아냈다. 자신들처럼 심장에 힘의 돌을 품고 있는 놈들을 사냥해서 힘의 돌을 먹는 것이다.

이전에도 힘의 돌을 먹어 봤던 선대의 전사들이 없는 것은 아니었지만 대부분 즉사를 하거나 미쳐 버렸다.

그래서 이젠 누구도 힘의 돌을 먹지 않게 되었는데 브라흐는 우연히 킹이 몰래 하는 행동을 훔쳐볼 수 있었다.

킹은 피를 마시고 심장을 씹어 먹었다. 당연히 심장 안에 들어 있는 힘의 돌도 먹었다.

그런데 힘의 돌을 품은 사냥감의 피나 힘의 돌을 먹으면 백 중 아흔아홉은 몸이 부풀고 피를 토하며 죽는다고 했던 어른들의 말과 달리 킹은 멀쩡했다.

그 정도가 아니었다. 사냥이나 전투하기 이전보다 더 상태가 눈에 띄게 좋아졌다.

그런 장면을 몰래 목격했지만 신중한 성격의 브라흐는 바로 따라 하지는 않았다.

과연 그런 행동엔 비밀이 있었다.

오래전 일족 사이에 떠도는 얘기 중 고기를 연하게 만들고 힘이 강해지는 비법이라는 것이 있었다.

살아 있는 상태의 동물에게 강렬한 살기를 집중시키면 공포에 질려 똥오줌을 질질 쌀 정도로 사지에 힘이 풀리는데, 그때 단숨에 목을 자른 후 먹으면 힘도 강해지고 용맹해진다는 내용이었다.

브라흐 역시 그 얘기를 듣기는 했지만 어릴 때였고 시도해 본 주위의 전사들이 효과가 없다고 했기에 그동안 잊어버리고 있었다.

그런데 킹은 사냥한 동물들 중 가장 강한 놈을 골라 자신의 처소로 데리고 간 후 정말로 살기를 집중시켜 심혼을 무너뜨렸다.

그리고 그 상태에서 목을 물어뜯어 피를 마시고 심장을 뽑아서 먹었는데, 사냥 과정에서 쌓였던 피로가 한순간에 사라지는 것은 물론 힘이 강해졌다.

전사들이 보기에는 두렵기만 한 킹의 행동이었지만 그것이 바로 킹의 능력을 비약적으로 올려 준 비밀이었다.

킹의 비밀을 알게 된 브라흐도 당연히 같은 짓을 시도했다.

살기를 한 대상에 집중시켜 심혼을 무너뜨리는 과정이 무척 힘들었지만 브라흐 역시 지금의 킹이 아니었으면 킹의 자리를 무난히 물려받았을 정도로 뛰어났기 때문에 오래지 않아 성공할 수 있었다.

그렇게 공포에 잠식되어 심혼이 무너진 상대의 목을 물어뜯어 피를 마시고 심장을 꺼내 먹은 결과는 놀라웠다.

온몸에 활력이 가득 찼고 몸은 더 빨라지고 힘은 더 강해졌으며 무기를 빛나게 만들 수 있는 힘이 더 강력해진 것이다.

그 후로 브라흐는 킹 몰래 수시로 마수와 몬스터를 사냥해서 비법을 사용해서 피와 심장을 먹기 시작했고 그 결과로 놀라울 정도로 강해졌다.

토벌군 본영은 블랙 켄타우로스 본대가 머물렀던 곳에 자리를 잡았다. 놈들이 머물렀던 곳에는 생물에게는 꼭 필요한 맑은 물이 가득한 작은 호수가 있었다.

나머지 열네 개의 부대는 여전히 3천 보 거리를 유지한 상태로 자리를 잡았다.

"성공입니다!"

"소문보다 더 대단합니다!"

"오늘 하루에만 무려 500마리가 넘는 블랙 켄타우로스를 사냥했습니다!"

비록 자신들이 거둔 성과는 아니었지만 놀라운 성과에 토벌군 수뇌부는 잔뜩 흥분했다.

"사냥 결과를 자세하게 보고해 보게."

헤트랑 공작이 관측 마법사로 온 클랜의 사냥 과정을 모두 참관한 파벨 마법사에게 물었다.

"네! 천마장 한 마리에 백마장 다섯 마리, 오십마장 열 마리, 십마장 오십 마리를 포함해서 506마리를 사냥했습니다."

온 클랜에게 의뢰한 내용, 즉 백마장 30마리, 오십마장 60마리 그리고 십마장 300마리를 생각하면 벌써 상당한 진척을 이룬 것이다.

"천마장도 있었어?"

천마장은 창을 통해서 오러블레이드에 해당하는 오러스피어를 만들어서 사용하는 개체로, 그야말로 날개가 달린 말처럼 엄청나게 민첩하고 빠른 켄타우로스였다.

"네. 온 클랜의 소드마스터 다섯 명이 합공을 해서 죽였습니다."

"아무리 소드마스터라고 해도 겨우 다섯이서 천마장을 사냥했다니 대단하네!"

블랙 켄타우로스 천마장은 오러스피어를 사용하는 데다가 블링크와 같은 이동 마법을 펼치는 것처럼 한 번의 도약으로 10여 미터를 움직일 수 있어서 그동안 토벌군은 전혀 제어할 수 없는 상대였다.

소드마스터만이 상대할 수 있었는데 워낙 민첩해서 서너 명이 합세해도 붙잡아 두는 것조차 힘들었다.

토벌군 사상자의 절반 이상이 바로 이 천마장이나 그에 근접한 백마장들로부터 입은 것이다. 그것도 검기 실력자나 완숙자 들이 많이 당했다.

"온 클랜원들은 소문 이상의 능력을 가지고 있습니다!"

"이제까지 다른 던전에서 세운 업적들도 그렇고 첫날 하루에만 이런 엄청난 전과를 올린 것을 보면 결코 가벼이 대해서는 안 될 것 같습니다."

흥분이 가라앉자 수뇌부들은 두려움과 함께 욕심이 났다.

'만약 우리 가문에서 온 클랜을 영입할 수 있다면!'

그 결과는 너무나 당연했다. 가문은 순식간에 왕국의 중추로 올라서게 될 것이다.

'어쩌면 새로운 왕조를 열 수도.'

그래서 두려웠다. 누구는 정체가 되었다고 말하지만 어쨌거나 오랫동안 균형을 이뤄 왔던 힘의 균형이 삽시간에 흔들리게 되는 것이다.

만약 왕실에서 온 클랜을 영입한다면 귀족들은 더 이상 권리를 주장하지 못하고 국왕에게 납작 엎드려야만 할 것이다.

하지만 그런 생각도 잠시였다.

'유랑 검술관이잖아.'

힘이 없어서 세상을 떠도는 것이 아니라 검술을 갈고닦는 과정에서 꼭 필요한 실전 상대를 찾아다니는 것이 유랑 검술관이다.

온 클랜과 같은 전력을 갖춘 유랑 검술관은 어지간해서는 어느 한 곳에 오래 정착할 리가 없었다. 보다 강한 상대를 찾아다녀야 하기 때문이다.

토벌군 수뇌부는 이런저런 생각을 하면서 온 클랜을 앞으로 어떻게 대해야 할지 고민했다.

　온 클랜은 첫날과 동일한 내용으로 사흘 동안 연속해서 사냥을 했다.

　전과는 엄청났다. 천마장 2마리, 백마장 20마리, 오십마장 40마리, 십마장 200마리를 사냥한 것이다.

　당연히 일반 전사는 1,500마리를 사냥했지만 의뢰 내용에는 포함이 되지 않았다.

　사흘 동안의 사냥 성과는 거기에 그치지 않았다.

　그동안 정체되어 있었던 정령사들의 성장에 가시적인 변화가 있었다.

　꾸준히 정령을 소환하고 다양한 방식으로 교감하고 부리기를 지속한 바람의 정령사들은 카오스를 대신해서 토네이도를 만들어 내고 조종할 수 있게 되었다.

　자유로운 의사소통이 제대로 되지 않는 중급 정령으로 그런 정교한 현상을 만들어 낼 정도로 정령친화력이 높아진 것이다.

　그건 대지의 정령사들도 마찬가지였다. 매복 지형을 만들고 그 내부를 수렁으로 만들기를 반복하다 보니 자연스럽게 정령친화력이 높아졌다.

　세르나와 달쿤의 말에 따르면 모두가 머지않아서 한 단계 더 높은 등급의 정령들과 계약을 할 수 있을 것 같다고 했다.

검술이나 궁술의 경우 눈에 띄는 진보가 있었기에 정령술
에는 크게 신경을 쓰지 않는 것 같았던 정령사들은 이런 성
장에 감격할 정도로 기뻐했다.

물론 다른 대원들은 그런 정령사 대원들의 성장에 진심으
로 축하를 보냈다.

블랙 켄타우로스의 고향

온 클랜의 사냥 결과 토벌군은 20여 킬로미터를 전진할 수 있게 되었다. 갈수록 토벌군과 거리를 벌렸기 때문이다.

아무튼 온 클랜 덕분에 토벌군은 블랙 켄타우로스 무리를 던전의 북서쪽 일원으로 몰아넣고 포위할 수 있었다.

"내일은 좀 쉬려고 합니다."

사냥을 끝낸 후, 토벌군 숙영지에 들른 가온은 헤트랑 공작에게 그렇게 통지했다.

지금까지와는 상황이 좀 달라진 만큼 다른 방식으로 공략할 생각이다.

"그렇게 하게. 그런데 놈들이 이번에는 꽤 멀리까지 후퇴했다고?"

"네. 이곳에서 대략 1만 3천 보 정도 떨어진 곳까지 물러 났는데 숙영지 상태를 보아하니 어지간하면 안 움직일 것 같 습니다."

이제까지는 토벌군과 대략 5킬로미터 정도의 거리를 유지 했던 블랙 켄타우로스가 지금은 10킬로미터 정도 떨어진 곳 에 숙영하고 있었다.

그것만 달라진 것이 아니다. 그동안 정찰을 했을 때는 언 제 움직여도 이상하지 않을 정도로 숙영지에 공을 들이지 않 았는데 이번 숙영지는 좀 달랐다.

그동안 인지 범위를 벗어난 기이한 일에 놀라 물러나기 바 빴던 블랙 켄타우로스 진영도 이제는 더 이상 물러나지 않을 심산으로 보였다.

"그럼 반격을 준비하는 거겠군."

"그건 잘 모르겠습니다."

그런 것까지 짐작해서 말해 줄 필요는 없었다.

그래도 의뢰를 수행하다가 알게 된 정보는 말해 줄 필요가 있었다.

"공중 정찰을 해 보니 현재 블랙 켄타우로스들이 머무는 곳은 큰 호수가 있어 대규모 인원이 머물 수 있으며 주위보 다 고도가 약간 높았습니다."

하늘에서 내려다본 블랙 켄타우로스의 숙영지는 상당히 큰 오아시스였다.

초지가 쭉 펼쳐져 있어 오아시스라고 표현하기는 좀 그랬지만 건조한 기후와 큰 호수의 존재가 그렇게 인식하게 만들었다.

"더 이상 물러나지 않을 것 같다고? 설마 이제 제대로 붙어 볼 생각인가?"

그렇게 묻는 헤트랑 공작은 제발 그랬으면 좋겠다는 얼굴이었다.

매번 50마리 혹은 100마리로 질풍처럼 달려와서 기습을 하고 도망쳐 버리는 놈들 때문에 피해도 피해지만, 다들 화병이 날 정도였던 것이다.

"그건 모르겠지만 이전까지의 숙영지와 다른 점들이 많아서 원래 대규모의 블랙 켄타우로스가 주둔하는 곳인 것 같습니다."

보통 블랙 켄타우로스들은 큰 물웅덩이 주위에 기둥을 세우고 가죽으로 지붕을 만들어서 햇볕과 이슬을 피하는 형태의 천막을 수없이 쳤다.

그런데 이번 숙영지는 반원 형태의 큰 호수를 중심으로 가장자리가 제법 높은 언덕이 둘러 있었고, 안에는 진흙으로 만든 벽돌로 벽을 세운 건물들도 꽤 있어서 일반적인 숙영지는 확실히 아니었다.

"그곳을 기준으로 반경 1만 보 이내에는 호수나 저수지가 전혀 없었습니다. 또한 안쪽에는 제대로 된 건물은 아니지만 벽돌로 지은 큰 건물들도 많아서 성으로 보면 될 것 같습니다."

"더 이상 물러나지 않을 생각인 거로군. 놈들이 더 이상 소규모 부대를 운용하지 않을 거라고 생각하는 건가?"

"그렇습니다. 지금까지는 지형적인 이불리가 별로 없는 평탄한 초지였지만, 그곳은 가장자리가 꽤 높아서 토벌군이 작전을 펼치기에는 불리합니다."

가온은 혹시 토벌군이 기습 공격을 할까 싶어서 그렇게 조언했다.

물이야 물주머니로 어떻게 한다고 하더라도 시력이 뛰어난 적의 경계를 벗어날 수는 없을 것이다.

마법의 도움을 받으면 가까이 접근할 수는 있지만 그래 봐야 소규모만 가능한데, 적어도 8천이 넘는 대규모 병력이 주둔하는 곳이니 기습의 묘를 살리기 힘들었다.

사실 가온이 쉬기로 한 것도 더 이상 오십마대 규모 병력이 보이지 않기 때문이다.

'이젠 기습이나 매복 공격을 포기하고 대규모 회전을 치르자는 거겠지.'

상황이 이러니 이젠 다른 방식으로 사냥을 해야만 했다.

다만 그 전에 사흘 동안 고생한 대원들에게 하루 정도는 휴식을 줄 생각이었다.

"그래. 사흘 동안 전력을 기울였으니 자네들도 쉬긴 해야지.”

헤트랑 공작은 가온의 통지를 자연스럽게 받아들였다.

기세로만 보면 이틀 정도면 의뢰를 완수할 수 있을 것 같아서 내심 좀 아쉬웠지만, 온 클랜원들도 사람이니 당연히 휴식이 필요할 것이다.

어쨌거나 사흘에 걸친 온 클랜의 작전 덕분에 토벌군은 목표했던 포위망을 완벽하게 구축할 수 있었다.

“적이 예상대로 더 이상 물러나지 않는다면 토벌군은 언제 본격적으로 움직이실 생각입니까?”

“아직 상대 숫자가 많아서 우리의 포위망이 허술한 것 같네. 온 클랜이 의뢰를 완수하게 되면 포위망이 더 촘촘해질 테니 그때 본격적으로 공격할 생각이네.”

총 1만에서 지난 사흘 동안 1,500을 줄였다.

사실 놈들의 전력을 약화시킨 것은 토벌군 입장에서는 큰일이 아니다.

기동력 때문에 제대로 몰아붙일 수 없었던 놈들을 이젠 어느 정도 포위할 수 있게 된 것이 더 컸다.

“과연 온 클랜이라는 말이 나올 정도로 잘해 주었소.”

“지난 사흘 동안 온 클랜은 정말 믿을 수 없는 업적을 세웠어요. 조금만 더 고생해 주세요.”

그동안 던전 클리어를 위한 전술을 궁리해 왔던 링거 마법사와 제린 대사제가 공작을 대신해 대답을 했다.

온 클랜이 의뢰를 완수하게 되면 블랙 켄타우로스의 전력이 처음보다 7할 정도로 약화된다.

무엇보다 온 클랜 덕분에 놈들을 한곳에 몰아넣고 포위망을 좁힌 상태이니 도망치는 놈들을 걱정할 필요가 없이 마음 놓고 전력을 투사할 수 있었다.

"그래서 말인데 분명히 놈들의 후방에는 암컷과 새끼 들이 지내는 곳이 있을 겁니다."

가온의 생각이 아니라 매디와 나디아가 머리를 맞대더니 내놓은 추측인데 일리가 있었다.

그동안의 정찰 결과도 그렇지만 토벌군에게서도 암컷과 새끼를 봤다는 얘기는 들은 적이 없었다. 없을 리가 없으니 어딘가에 따로 숨겨 두고 있는 것이 확실했다.

"그렇겠지."

헤트랑 공작이 대수롭지 않게 대답하는 순간 링거의 눈이 커졌다.

"혹시 그곳을 찾아서 공격할 생각인가?"

링거는 온 클랜이 비행 아이템과 텔레포트가 가능한 이동식 마도구를 보유하고 있다는 점을 떠올렸다.

"그러려고 합니다. 그렇게 되면 분명히 전력의 일부는 그곳에서 벌어진 사태를 해결하기 위해 후미로 향할 겁니다."

"토벌군은 그때를 노려 몰아치라는 거군."

얼마가 빠져나갈지는 알 수 없지만 토벌군에게는 놓칠 수 없는 절호의 기회가 될 것이다.

헤트랑 공작과 제린 대사제도 이제야 그 사실을 알아차렸는지 얼굴이 상기되었다.

"그렇습니다."

"그럼 의뢰는 어떻게 마무리하려고 그러나?"

토벌군에게 기회를 만들어 주는 것은 고맙지만 암컷과 새끼 들을 사냥해서는 의뢰를 완수할 수가 없다.

"매복을 했다가 지원을 나온 놈들을 기습할 생각입니다."

"아하!"

과연 그렇게 하면 의뢰도 자연스럽게 해결할 수 있었다.

"그런데 그런 작전을 수행하기에는 너무 숫자가 적은 거 아닌가?"

"전부 죽일 필요는 없습니다. 아마 의뢰는 충분히 완수할 수 있을 것 같습니다."

천마장은 이미 달성했고 백마장은 10마리, 오십마장 20마리, 십마장 100마리만 더 사냥하면 된다.

군이 암컷과 새끼 들을 적극적으로 공격할 필요도 없다. 소식을 들은 블랙 켄타우로스 본대에서 일정한 병력이 빠져나올 정도만 들쑤시면 되는 것이다.

"훌륭한 작전이군!"

"후방을 쳐서 전력 일부를 이탈시키는 것으로 양쪽 모두 좋은 결과를 유도하다니. 소문보다 전술 전략 능력이 훨씬 더 높군."

"그렇게 되면 우리가 구상하고 있던 작전도 제대로 먹힐 거예요!"

사실 토벌군 수뇌부는 온 클랜이 의뢰를 완수하는 순간을 노려 총력전을 벌일 생각이었다.

가온이 말한 대로 상황이 전개된다면 처음 전력의 5할 정도만 남게 된다.

놈들의 주의가 후방으로 쏠렸을 때 제대로 된 포위망만 완성한다면 바로 전력을 다해서 공격하면 된다. 장애물이 전혀 없는 평탄지 지형에서 다른 마땅한 전술은 없었다.

총력전에 대한 준비도 이미 끝났다.

블랙 켄타우로스의 가장 강력한 무기에 해당하는 랜스 차지와 투창 그리고 화살 공격에 대비해서 전신을 가릴 수 있는 강철 방패를 본국으로부터 공수해 온 상태다.

일단 놈들의 기동력만 막으면 토벌군은 무조건 승리할 자신이 있었다.

수뇌부 막사를 빠져나온 가온은 아직 해가 지려면 시간이 좀 있어야 하기에 일단 정찰을 위해서 던전 높은 곳으로 날아올랐다.

블랙 켄타우로스 본대와 토벌군 숙영지 사이에는 어제까지와 달리 중간에 매복한 놈들은 없었다.

블랙 켄타우로스는 본대를 포함해서 열다섯 개의 부대로 나뉘어 포위를 하고 있는 토벌군을 향해 언제라도 달려 나갈 수 있는 진형을 갖추고 있었다.

한 방향은 아니지만 8천여 마리가 넘는 거대한 몸집의 블랙 켄타우로스가 창을 앞세우고 토벌군을 향해 전력 질주를 하는 모습을 생각하자 토벌군이 좀 걱정되었다.

'어떻게든 전력 질주를 하기 전에 최대한 많은 숫자를 줄여야 할 텐데.'

뭐 그거야 토벌군이 알아서 할 것이다. 그들도 대규모 사냥 경험은 풍부하니까.

블랙 켄타우로스의 숙영지를 꼼꼼하게 확인한 가온은 그 뒤쪽으로 계속 날았다.

역시 가온의 생각이 맞았다. 블랙 켄타우로스 본대에서 후방으로 30킬로미터 정도 떨어진 곳에 해발고도가 낮은 넓은 습지대가 나타났다.

'분지라고 해도 되겠네.'

한쪽에서 다른 한쪽 끝까지 대략 20킬로미터나 될 것 같은데, 산으로 둘러싸인 건 아니지만 주위보다 100여 미터 낮으니 그렇게 불러도 될 것 같았다.

'이런 곳이라면 암컷과 새끼 들을 숨겨 놓기에 안성맞춤이지.'

습지대이긴 해도 전체 지역이 물에 잠겨 있는 것은 아니고 그만큼 많은 물웅덩이들이 널려 있었다.

식생도 좀 달랐다. 이제까지는 짧은 풀밖에 없었지만 이곳에는 다양한 종류의 식물들이 무릎이나 허벅지 높이까지 자라고 있었다.

심지어 중앙 쪽에는 숲도 있었다.

던전 대부분은 굉장히 건조해서 짧은 풀밖에 없었지만 이곳은 곳곳에 물웅덩이들이 널려 있어서 그런지 안 보이던 관목들이 길게 자란 초지 사이에 크고 작은 숲을 이루고 있었다.

수많은 암컷과 새끼 들은 무리를 지어 그 너른 습지대를 한가롭게 활보하고 있었다.

가온은 이곳이 블랙 켄타우로스의 고향이라고 확신했다.

'그런데 생각보다 숫자가 굉장히 많네.'

눈에 들어오는 놈들만 해도 대충 2만에서 3만 마리 정도는 되는 것 같다.

다양한 풀과 신선하고 연한 잎이 무성한 키 작은 관목 그리고 곳곳에 크고 작은 물웅덩이들이 있어 암컷과 새끼 들에게는 최적의 장소였다.

새끼들은 경주를 하기도 하고 서로 싸우기도 하면서 시간을 보내고 있었는데 어려서 그런지 무척 귀여워 보였다.

대원 중 몇 명은 암컷들은 몰라도 전투력이 거의 없는 새

끼들을 해하는 일이 마음에 걸려 할 테지만, 그렇게 생각할
필요가 없었다.

블랙 켄타우로스는 마수다, 식인을 서슴지 않는.

지금만 해도 그냥 노는 것처럼 보이지만 땅속에 사는 지렁
이는 물론이고 굴을 파고 사는 설치류들을 사냥해서 씹어 먹
거나 희롱하고 있었다.

만약 토벌군이 이 던전을 클리어하지 못하면 밖으로 빠져
나와서 수없이 많은 인간을 잡아먹을 그런 마수이니 새끼라
고 해서 동정심을 품으면 안 된다.

'그나저나 암말의 모습이 좀 그러네.'

상체가 인간과 동일하기 때문에 노출된 가슴이 덜렁거리
는 모습이 너무 적나라해 보였다.

개중에는 인간 여자와 비교해도 부족하지 않을 정도로 아
름다운 외모를 가진 암컷들도 있었는데, 가슴까지 노출한 상
태이니 젊은 가온이 계속 시선을 주기엔 좀 불편했다.

다행이라면 날카로운 이빨을 가지고 있어서 잠시 미모에
현혹되었다고 하더라도 금방 정신을 차릴 것 같았다.

모라이족

일단 습지대의 끝까지 날아간 가온은 멀리 떨어지지 않은 곳에 있는 던전의 불투명한 막을 확인할 수 있었다. 이 습지 대가 던전의 한쪽 끝부분이라는 얘기였다.

가온은 분지를 고공에서 선회 비행하면서 의뢰에 대해 생각했다.

'이곳이 공격받으면 당연히 지원대를 보내는 건 확실해.'

다만 숫자가 문제다. 의뢰를 완수하려면 적어도 1,500마리는 이쪽으로 달려와야만 했다.

'그 정도 숫자가 달려오느냐도 문제지만 한꺼번에 그 숫자를 사냥하는 것도 쉬운 일은 아니네.'

숫자가 너무 적긴 했다.

결론은 하나밖에 없었다.

'그럼 엘프 전사들을 불러야겠네.'

블랙 켄타우로스가 기사, 즉 달리는 상태에서도 활을 쏘는 것이 가능하다지만 엘프의 궁술에는 못 미친다.

그렇게 결정을 하고 막 귀환하려던 가온의 눈에 수상한 광경이 들어왔다.

'뭐지?'

뿔이 세 개인 백마장 두 마리가 포함된 200여 마리의 블랙 켄타우로스 무리가 분지 중앙에 있는 숲 쪽으로 향하고 있었다.

엄청난 숫자의 암컷과 새끼 들이 띄엄띄엄 보일 정도로 거대한 습지대 주위에는 전사들이 경계를 하고 있었지만 일정한 거리를 두고 흩어져 있는 상황이다.

그런데 200마리나 되는 블랙 켄타우로스 무리가 한곳으로 향하고 있으니 이상하지 않을 수 없었다.

'한번 내려가 보자.'

어차피 은신을 유지한 상태이고 천마장 정도가 아니면 자신의 움직임을 감지하지 못할 테니 걱정할 것은 없었다.

순식간에 이동하고 있는 블랙 켄타우로스 무리의 머리 위

상공으로 하강한 가온은 낮게 고도를 유지한 상태로 놈들을 따라갔다.

얼마 후 켄타우로스들의 모습이 사라졌다. 관목이 아니라 높이가 10미터가 넘는 거목들로 이루어진 숲 안으로 들어간 것이다.

'내려와 보지 않았으면 이곳 역시 관목숲이라고 생각했겠네.'

사실 높은 상공에서는 제대로 된 나무인지 관목인지 잘 분간이 되지 않는다.

아무튼 그 숲을 구성하는 나무는 높이가 10미터 정도인데 중간 높이부터 옆으로 길게 가지를 뻗고 있었는데 잎이 커서 그늘을 만들고 있었다.

가온은 아래로 내려갈까 고민하다가 이내 생각을 바꾸어 숲 위로 비행을 하면서 켄타우로스 무리를 뒤따르기로 했다.

울창한 가지와 잎 때문에 눈에는 보이지 않지만 말굽 소리가 커서 굳이 지상으로 내려가서 뒤따를 필요가 없었다.

5분 정도 놈들을 따라 숲 바로 위를 날던 가온의 눈이 어느 순간 번뜩였다.

'목장? 아니 농장인가?'

숲 안쪽에는 굉장히 넓은 공간이 따로 있었는데 지름이 대략 7킬로미터에 이를 정도로 컸다.

바깥쪽처럼 초지와 물웅덩이가 도처에 널린 공간은 나무

울타리로 두 지역을 구분이 되어 있었다.

한쪽은 다양한 작물을 키우고 있는 경작지였고 다른 한쪽은 목장이었다.

특히 목장이 인상적이었다. 다양한 종류의 사슴과 양 그리고 야생 염소 들이 그득했기 때문이다.

'대충 봐도 50만 마리는 넘겠네.'

숲의 경계에는 그 많은 가축들이 숲 밖으로 나가지 못하도록 벌목한 나뭇가지를 쌓아서 만든 높은 울타리가 있었다.

그 모습에 가온은 정말 놀랐다.

'호오! 그냥 수인 정도로 생각했는데 농장과 목장까지 운영하다니 정말 대단한 놈들이네!'

던전에 들어와서는 한 번도 본 적이 없는 사슴 종류와 양 그리고 염소와 오리 등 다양한 가축들이 무리를 이루어 풀을 뜯어먹고 있었다.

숫자가 눈대중으로 수십만 마리에 달하는데 넓긴 하지만 한곳에 가둬 놓았으니 목장이나 다름없었다.

그런데 더 기이한 광경도 있었다.

'인간? 아니야.'

생김새는 인간과 동일한데 키가 겨우 1미터밖에 되지 않는 생명체들이 넓은 밭 이곳저곳에서 일을 하고 있었다.

'작물을 키운다?'

가장 가까운 곳에 있는 장소를 유심히 살펴보았다.

생김새만 보면 영락없이 옥수수로 보이는 식물들이 줄지어 자라고 있었고 키 작은 인간들이 그 사이를 오가면서 열매로 보이는 것을 따거나 잡초를 뽑고 있었다.

옥수수와 닮은 작물만 있는 게 아니었다. 감자처럼 생긴 식물과 당근으로 보이는 식물도 이랑과 고랑이 확실한 밭에서 자라고 있었다.

심지어 밀과 보리로 추정되는 작물도 꽤 넓은 경작지에서 자라고 있었는데, 이제 막 수확을 했는지 이삭 부분이 잘려 누렇게 변한 부분과 새로운 이삭이 나오는 부분이 보였다.

그 외에도 알지 못하는 몇 종류의 식물이 자라는 밭들을 보면 그곳은 영락없는 농장이었다.

숲과 붙어 있는 커다란 물웅덩이와 인접한 농장의 한쪽에는 움집들이 빼곡하게 들어서 있었는데, 아마도 키가 작은 소인들이 거처하는 곳으로 보였다.

옥수수 수확철인지 키가 작은 소인 대부분은 이십여 섹터로 분리된 밭 중 옥수수밭에서 일을 하고 있었다.

소인들은 가축의 털로 짠 허름하고 풍성한 옷을 걸치고 있었고, 얼굴을 제외하고 드러난 피부에는 긴 잔털이 무성했으며 머리에는 챙이 큰 모자를 쓰고 있었다.

아무튼 확실한 것은 블랙 켄타우로스가 키가 작은 인간들을 노예로 부려 농장을 운영하고 있다는 사실이다.

그 증거로 옥수수밭의 경계 밖에는 채찍을 들고 있는 50마리 정도의 켄타우로스 전사들이 눈을 부라리고 키가 작은 인간들을 지켜보고 있었다.

'설마 호빗인가?'

호빗은 판타지 소설에 나오는 소인 일족으로 드워프와는 다른 종족이다.

만약 지금 자신이 가상현실 게임을 즐기는 것이라면 이해가 된다. 어나더 문두스는 판타지 기반의 게임이었기 때문이다.

하지만 지금 자신은 버리 덕분에 백도어로 세이비어 시스템에 접속한 상태로 플레이어이면서 플레이어가 아닌 존재로 다른 차원에서 삶을 살아가고 있다.

그렇게 호빗이라는 단어를 시작으로 자신의 상황까지 사고의 영역이 옮겨 가고 있을 때 갑자기 사고가 벌어졌다.

차악!

"아악!"

소리가 난 곳은 옥수수밭의 경계였다.

거의 넝마에 가까운 가죽 푸대를 뒤집어쓴 작은 인간이 블랙 켄타우로가 휘두른 채찍에 맞아 비명을 지르며 쓰러졌다.

밭에서 일을 하던 소인족들이 그곳으로 달려갔고 주위를 지키던 블랙 켄타우로스들도 그곳으로 모였는데, 놈들은 바로 휘두를 것 같은 험상궂은 얼굴로 채찍을 쥐고 있었다.

그런 가운데 채찍을 휘두른 블랙 켄타우로스가 맞아서

쓰러진 소인을 한 손으로 들어 올렸다. 그리고 밭을 빠져나왔다.

그런데 같은 꼴이 된 소인들이 더 있었다. 옥수수밭을 가로질러 빠져나오는 블랙 켄타우로스 네 마리가 각각 한 명씩 소인의 다리를 잡고 질질 끌고 나왔다.

'아이들이네.'

멀리에서도 땅에 머리를 댄 채 끌려가면서도 공포에 질려 비명을 지르는 소인족들의 앳된 얼굴을 확인할 수 있었다.

"안 돼요!"

소인족들이 그 앞에 모여서 무릎을 꿇었는데 생각보다 많은 인원이 밭에서 일하고 있었는지 천여 명에 달했다.

처음에는 분간이 되지 않는데 자세히 보니 3분의 1 정도는 성인이었고 나머지는 아이들이었다.

뒤늦게 그곳에 도착한 블랙 켄타우로스 스무 마리가 둘러메고 있던 활을 풀어 시위에 활을 걸었다.

"제발 용서를! 더 이상 잡아가면 우리 모두 죽겠습니다!"

한 소인족 노인이 그렇게 말을 하며 손에 쥔 것을 목에 대자 나머지 소인족들이 모두 비장한 얼굴로 빛에 반사되는 무언가를 목에 댔다.

저항을 하는 것도 아니고 스스로 죽겠다는 소인족들의 행동에 블랙 켄타우로스들이 놀랐는지 당황한 얼굴로 한쪽으로 시선을 주었다.

그곳에는 막 옥수수밭을 가로질러 빠져나온 백마장 두 마리가 있었고 나머지 200여 마리가 있었다.

원래 이곳을 지키던 병력으로 보이는 무리가 합류하면서 백마장은 셋이 되었는데, 놈들은 화가 났는지 험상궂은 얼굴로 소리를 낮추어 뭔가 얘기를 나누기 시작했다.

그때였다.

생각지도 못했던 존재가 의념을 보내왔다.

─온 님, 저 시르네아예요.

'무슨 일입니까?'

가온은 시르네아가 의념을 보낼 줄은 상상도 하지 못했지만 일단 그렇게 물었다. 그녀의 목소리 속에서 다급한 감정을 느꼈던 것이다.

─벼리 님이 물어본 소인들은 모라이족이에요.

가온이 궁금해하는 것을 알게 된 벼리가 시르네아에게 소인족의 정체를 물어보았던 모양이다.

'아는 종족입니까?'

─네. 구릿빛 피부에 몸에는 가늘고 긴 털이 많고, 넓은 챙을 가진 모자를 즐겨 쓰는 소인이라면 모라이족이 틀림없어요.

'모라이족이었군요.'

─네. 저희가 살던 세상에서 종종 만나곤 했던 종족이에요. 체구는 작지만 손재주가 매우 뛰어나서 타고난 장인이자

모든 종류의 식물을 잘 보살피는 농부로 유명해요.

'드워프는 아닌 거죠?'

―네. 드워프와는 혈연상 가까운 사이지만 다른 종족이 맞아요.

'그런데 왜 의념을 보낸 겁니까?'

―저희를 내보내 주세요! 모라이족을 구해야 해요!

'그럴 이유가 있습니까?'

자신도 도울 생각이었지만 다른 이유가 있는 것 같았다.

―네. 그들이라면 이곳을 제대로 된 세상으로 만들어 줄 거예요. 그들은 타고난 농사꾼에 장인이며 평화를 사랑하는 종족이거든요.

좋은 생각이다. 차원석을 몇 번이나 추가해서 처음에 비하면 엄청나게 넓어진 생명의 아공간이기에 모라이족이 더욱 필요했다.

거기에 상황을 보아하니 모라이족도 안전한 새 거처가 필요할 것 같았다.

'좋습니다. 몇 명이나 대기하고 있습니까?'

안 그래도 많은 인원이 필요한 상황이다.

―지금 제 주위에는 300명 정도가 있어요.

가온은 바로 나무숲 안으로 들어가서 시르네아를 포함한 전사 300여 명을 소환했다.

"온 님, 제 부탁을 들어주셔서 감사해요!"

"감사는요. 상황이 좀 급할 것 같으니 일단 저놈들부터 처리하도록 하지요."

그렇게 말하는 가온의 눈에 말 특유의 울음소리로 뭔가 명령을 내리는 세 백마장과 화살을 시위에 재는 켄타우로스 전사들이 보였다.

아무래도 모라이족의 목숨을 건 강경한 태도에 화가 났는지 본보기로 몇 명 정도는 죽일 생각인 것 같았다.

다행인 것은 놈들이 소인들을 가벼이 생각했는지 포위를 할 생각도 하지 않고 모두 한쪽에 몰려서 3열 대형을 유지하고 있었다는 사실이다.

'만약 포위를 한 상태라면 곤란할 뻔했는데 다행이네.'

엘프들은 눈짓과 손가락질로 목표를 설정한 후 서둘러 활을 잰 시위를 당겼는데 시르네아를 비롯한 몇 명의 활은 가온이 선물한 복합궁으로 바뀌어 있었다.

숲 경계에서 모라이족과 블랙 켄타우로스들이 대치하는 곳까지는 대략 120보 정도에 불과했지만, 블랙 켄타우로스의 체구가 워낙 크고 한쪽에 따로 모여 있어서 화살이 빗나갈 일은 별로 없었다.

블랙 켄타우로스 백마장 한 마리가 앞으로 나서더니 잔뜩 인상을 쓰며 모라이족을 향해 소리를 질러 위협을 했다.

'지금!'

가온은 놈이 모라이족을 모두 죽일 생각이 아니라 위협을

하는 것이라고 생각했지만, 핍박을 받는 모라이족은 정말 자
살을 할 생각인 것 같아서 서둘러 명령을 내렸다.

슈슈슈슉!

300발의 화살이 낮은 포물선을 그리며 한데 모여 있는 블
랙 켄타로스 무리를 향해 날아갔다.

블랙 켄타우로스 몇 마리가 화살 수백 발이 날아오는 모습
을 보고 기겁해서 비명처럼 찢어지는 소리를 질렀다.

그러자 상황을 눈치챈 블랙 켄타우로스들이 황급히 도망
치려고 했지만 이미 늦었다.

푹! 푹! 푹!

거리는 좀 있었지만 빛살처럼 날아가는 화살 비를 피할 수
있는 블랙 켄타우로스는 없었다.

다만 십마장 이상의 경우 활대를 이용해서 날아오는 화살
을 쳐 내는 놈들이 좀 있었다.

300여 발의 화살이 마구잡이로 날아가는 것이 아니었다.
마치 코의 크기가 일정한 그물처럼 순식간에 블랙 켄타우로
스 무리를 덮쳤다.

'이런 상황을 상정해서 정교한 화망을 형성하다니 정말 대
단한 궁술이네.'

가온은 엘프의 합궁술에 새삼 놀랐다.

게다가 연사 능력도 탁월해서 쏘기가 무섭게 다시 시위에 화살을 재는데 그 속도가 엄청나게 빨랐다.

그사이에 블랙 켄타우로스 수십 마리도 응전 태세를 갖추고 화살이 날아온 숲 경계를 향해 화살을 쏘았지만, 나무로 인해서 이쪽은 피해를 거의 입지 않았다.

무려 열 번에 걸친 화살 세례가 그치자 가온과 시르네아 등 몇 명이 날듯이 화살들이 날아간 곳으로 달려갔다.

넓은 그물처럼 쏟아진 화살 세례에도 불구하고 십마장들을 포함한 수십 마리는 죽지 않고 옥수수밭으로 도망치고 있었다.

백마장들과 오십마장들은 이미 시르네아를 비롯한 엘프 수뇌부의 집중적인 화살 공격에 온몸에 화살을 꽂은 채 죽어 나자빠졌다.

마나가 담긴 화살인 데다 바람의 정령이 궤도를 조절했기 때문에 피하려고 해도 피할 수가 없었던 것이다.

그런데 가온과 엘프들보다 먼저 움직인 이들이 있었다. 그건 바로 모라이족이었다.

모라이족 일부가 화살 비가 그치는 순간 블랙 켄타우로스들이 쓰러진 곳으로 달려가더니 일부는 활을 집어 화살을 쏘았고 일부는 창을 집어 도망치는 놈들을 향해 던졌다.

작은 체구와 달리 화살이나 창에 실린 힘이 상당했다. 맞은 블랙 켄타우로스들이 강한 충격을 받았음을 눈으로 확인할 수 있었다.

가온과 엘프족이 도착했을 때는 살아 있는 블랙 켄타우로스는 더 이상 없었다. 그만큼 정확하게 목표를 노렸고 강한 힘이 실려 있었던 것이다.

알름이라고 자신을 소개한 모라이족 족장은 자신들이 블랙 켄타우로스 무리와 3년여에 걸친 전쟁을 벌였다고 말했다.

"그 전쟁으로 일족의 3분의 1 정도가 죽었습니다. 마지막에는 아이들이 숨어 있던 곳이 발각되는 바람에 아이들을 지키기 위해서 어쩔 수 없이 항복을 했지요. 그 후에는 놈들이 요구하는 대로 작물을 키우고 무기를 만들어 주었습니다."

"그런데 왜 아이들을 잡아가려고 한 겁니까?"

이렇게 쓸모가 많은 종족인데 왜 잡아가려고 했을까?

"흑마인(黑馬人) 킹과 놈의 암컷들은 인간의 고기 맛에 중독되었습니다. 우리와 전쟁을 할 때는 죽은 우리 일족을 잡아먹던 놈들은 그동안은 외부에서 들어온 인간들을 잡아먹었는데, 나흘 전부터는 그럴 수 없는 상황이 되었답니다. 그래서 어제부터 다섯 명씩을 끌고 가겠다고 통보를 했습니다. 이건 어제 일족 아이들을 끌고 간 흑마인 백마장이 자신의 입으로 직접 한 얘기입니다."

알름 족장은 블랙 켄타우로스를 흑마인이라고 불렀는데 한자로 하면 맞는 용어였다.

가온은 신기한 생각이 들었지만 실제로는 엘프족과도 통하지 않는 언어 체계를 가지고 있는 모라이족과 자연스럽게 의사소통을 할 수 있는 자신의 존재를 떠올리며 가볍게 넘겼다.

"켄타우로스 역시 유사 인류에 속하는데 같은 사람을 잡아먹다니, 정말 마수화가 된 모양이네요."

시르네아가 진저리를 치며 그렇게 말했다.

"혹시 이곳에 있는 모라이족이 얼마나 됩니까?"

"총 1,203명으로 성인은 489명이고 나머지는 성인식도 치르지 않은 아이들입니다."

"원래는 얼마나 되었습니까?"

"저희 풍요의 땅 일족은 1,800명 정도 되었습니다."

그럼 3년여에 걸친 전쟁 동안 600명 정도가 죽은 것이다.

그때 시르네아가 나섰다.

"족장님은 이곳이 격리된 공간이라는 사실을 혹시 알고 있나요?"

"알고 있습니다. 그것 때문에 이 공간에 대한 지배권을 놓고 놈들과 전쟁을 치른 거고요. 우리 전사의 숫자가 조금만 더 많았으면 놈들을 전멸시킬 수 있었을 겁니다."

가온은 호기에 하는 말인 줄 알았지만 모라이족은 3년 동안 블랙 켄타우로스 1만 마리를 죽였다고 했다.

가온이 익히 아는 일반적인 전쟁은 아니었다고 했다. 기동력이 뛰어난 블랙 켄타우로스가 지상을 장악한 상태에서 모라이족은 땅굴을 빠르게 팔 수 있는 능력을 이용해서 놈들을 각개격파 하는 방식으로 싸운 것이다.

블랙 켄타우로스에 비해서 질이 좋고 위력이 강력한 무기를 만들어 낼 수 있는 능력도 놈들보다 우위에 있었다.

알름 족장은 만약 아이들을 숨겨 두었던 장소가 우연히 발각되지 않았다면 승리까지는 아니더라도 블랙 켄타우로스와 공멸했을 거라고 자신했다.

'대단하네.'

모라이족이 600명 정도가 죽었는데 상대는 1만 마리 정도가 죽었으니 이들의 능력이 얼마나 뛰어났는지는 충분히 짐작할 수 있었다.

모라이족은 운이 없었다. 초반에 대대적인 습격으로 300여 명에 달하는 성인 전사들이 죽은 것도 그랬지만, 잘 싸우던 와중에 아이들이 숨어 있던 곳이 노출된 것도 우연이었다.

놀족 사냥꾼 하나가 그곳을 발견하고 바로 족장에게 그 사실을 알렸는데, 놀족 족장은 그 정보를 일족의 안전이라는 대가를 걸고 블랙 켄타우로스족에게 넘겼다.

"우리가 항복을 한 후 놀족은 놈들에게 대대적으로 사냥을 당했습니다. 함께 핍박을 받으며 항전하던 사이였는데 그렇게 배신을 하더니 그 꼴이 되었지요."

"놀족이라면 수인족인가요?"

시르네아가 물었다.

"맞습니다. 인간들이 견인족이라고 종족 중 가장 지능이 떨어지고 사나운 놈들이지요."

오가는 얘기를 들으니 놀족은 아마도 개의 머리를 가진 수인족인 모양이다.

그 얘기가 일단락되자 시르네아는 알름 족장과 어느새 모여든 모라이족을 상대로 이곳이 인간들에게는 던전으로 불린다는 사실과 다른 세상과 융합이 되었으며 신의 관리하에 놓였다는 사실까지 설명을 해 주었다.

"그러니까 우리는 더 이상 예전에 살던 세상으로 돌아갈 수 없다는 겁니까?"

"그럴 가능성이 아예 없지는 않지만, 쉽지는 않을 것 같아요. 더구나 이 던전이 아까 말한 대로 깨지면, 즉 인간들이 클리어하거나 블랙 켄타우로스들이 밖으로 나가면 여러분은 정해진 시간이 지나면 소멸되어요."

"소멸요?"

"아니, 소멸은 아닐 수도 있어요. 온 님이 말씀해 주신 바에 따르면 두 경우 모두 일정 시간이 지나면 이 공간은 다시 생성된다고 했어요. 던전 안에서 살아가는 모든 존재들이 다시 나타나게 되는 거지요."

"그럼 죽었던 일족이 모두 살아나는 겁니까?"

알름 족장이 눈을 빛내며 물었다.

"그건 확실하지 않습니다. 한 번 클리어된 던전이 다시 생성되는 경우가 대부분이지만 안에 살았던 생물 특히 보스의 능력이 약화되는 것은 확실합니다. 아직 알려지지 않은 것이 더 많기는 하지만 동일한 인격과 영혼을 가진 존재는 아닌 것 같습니다."

이번에는 가온이 대답을 했다.

사실 알름 족장이 궁금해하는 부분은 가온도 확신이 없었다.

인간을 기준으로 생각하면 던전 안에 사는 생물은 사냥 대상에 불과했다. 의사소통이 되는 존재도 아니고.

그래서 던전에서 살았던 생물이 던전이 다시 생성될 때 원래 그대로 재생성이 되는지 여부는 알 수가 없었다.

"휴우! 동일한 존재일 리가 없지요."

의외로 알름 족장은 희망을 품지 않았다.

"아무리 던전이라는 공간이 신이 관할하는 곳이라고 해도 방금 죽은 존재를 살리는 것이라면 모르지만 이미 오래전에 죽은 존재를 원래대로 되살리는 것은 신력으로도 할 수 없는 일입니다."

하긴 그게 상식이다.

하지만 가온의 생각은 좀 달랐다.

'과연 그럴까?'

사실 가온은 확신이 없었다.

아무튼 그 이후 시르네아는 자신이 속한 엘프 일족이 계약을 통해서 가온의 영혼과 연결된 아공간으로 대거 이주했으며 지금은 너무나 만족스러운 삶을 영위하고 있다는 사실을 알려 주었다.

"원래 황무지였던 그곳은 마수도 없고 몬스터도 없어요. 우리가 새롭게 개척을 하고는 있지만, 모라이족의 능력이라면 그곳을 정말 살 만한 세상으로 만들 수 있을 것 같아요. 함께하지 않으시겠어요?"

"……."

알름 족장은 바로 대답하지 못했다.

그건 당연한 반응이었다. 자신들을 도와주었다고는 해도 그녀의 말만 듣고 일족 모두를 끌고 생소한 세상으로 건너가는 것은 쉽지 않았다.

하지만 두 사람의 대화를 모두 들은 모라이족은 족장과의 회의에서 대부분 이곳을 떠나고 싶다는 의견을 피력했다.

"던전이나 생명의 땅이 어떤 곳인지 알 수 없지만 확실한 것도 있습니다. 여긴 더 이상 우리 일족이 살 수 없는 땅이라는 겁니다."

"맞아요. 아이들의 미래를 생각하면 한시라도 이곳에 머무르고 싶지 않아요."

"새로운 세상이 두렵기는 하지만 저도 남편과 오빠가 죽은 이곳을 떠나고 싶어요. 더 이상 흑마인의 노예로 채찍을 맞아 가면서 살고 싶지 않아요."

지금 당장은 어디로든 도망을 칠 수 있다. 땅굴을 빠르게 팔 수 있는 능력을 가지고 있으니 말이다.

복수를 할 수도 있었다. 물론 그러자면 많은 피해를 감수해야만 했다.

어쨌든 결정은 내려졌다.

모라이족 사람들은 숲 밖의 블랙 켄타우로스가 움직일까 두려워 서둘러 사람들을 모았다.

그리고 얼마 후 모인 모라이족 사람들은 가온과 영혼의 계약을 한 후 생명의 아공간으로 한 명씩 건너갔다.

모라이족 사람들이 모두 생명의 아공간으로 건너간 후 가온 역시 그곳으로 향했다.

"어서 오세요!"

에르넬 원로와 로데나 원로가 가온을 반겨 주었다.

"모라이족 사람들이 안 보이네요?"

인사를 한 후 주위를 둘러보던 가온은 모라이족 사람들이 보이지 않아 의아했다.

"다른 원로들을 따라 당분간 거처할 곳으로 갔어요."

생각해 보니 지금 생명의 아공간은 현실보다 5배 빠르게 시간이 설정되어 있는 상태였다.

'당장 시간 흐름부터 바깥과 동일하게 설정을 바꿔야겠네.'

인간보다 월등하게 오래 사는 엘프이기 때문에 시간 흐름을 빠르게 해 두었는데, 모라이족을 고려하면 시간 흐름을 정상적으로 되돌려야만 했다.

"두 분은 이전에 모라이족을 본 적이 있습니까?"

"네. 원로가 되기 전에 자격을 증명하기 위해 여행을 했을 때 만난 적이 있어요."

"저도 그때 에르넬 원로와 함께 모라이족을 만났습니다."

둘 다 하이엘프라고 들었는데 태생이 하이엘프라도 일족의 원로가 되기 위해서는 따로 자격을 증명하는 과정을 거쳐야만 하는 모양이다.

아무튼 지금은 그게 중요한 게 아니다.

"시르네아 대전사장으로부터 대강 듣긴 했는데 어떤 종족입니까?"

"체구는 작지만 머리도 뛰어날 뿐 아니라 손재주를 타고난 종족입니다. 드워프가 주로 금속에 관련된 재능을 가지고 있다면 모라이족은 다방면에 뛰어난 장인이지요. 게다가 가축을 돌보거나 작물 그리고 약초를 재배하는 데 그들을 따라갈 종족은 없습니다."

에르넬에 비해 과묵한 편인 로데나 원로가 드물게 관심을
가진 얼굴로 설명했다.

"다행히 여러분에게 도움이 되겠군요."

"도움 정도가 아닙니다. 저들과 함께라면 이곳을 기름진
풍요의 땅으로 바꿀 수 있습니다."

아직도 황무지로 남아 있는 공간이 태반인데 로데나가 그
렇게 말하는 것을 보니 모라이족을 받아들이길 잘한 것 같
았다.

"드워프는 도구를 사용하지만 모라이족은 아무런 도구도
없이 태생적으로 가지고 있는 능력으로 사물을 원하는 대로
바꾸거나 만들 수 있는 능력을 가지고 있어요."

시르네아에게 듣긴 했지만 모라이족이 정말 그런 능력을
가지고 있다면 가온에게도 큰 도움이 될 것이다.

"한동안 블랙 켄타우로스의 노예로 힘겹게 살아왔으니 당
분간 여러분이 좀 보살펴 주십시오. 식량은 물론 의복 등 살
림살이도 전혀 없더군요."

"저희에게 맡겨 주세요."

"모라이족은 좋은 이웃이 될 겁니다."

일단 바깥 상황이 급하니 그 정도로 당부하고 생명의 아공
간을 빠져나왔다.

별동대

　모라이족이 모두 생명의 아공간으로 이주한 후라 농장과 목장에는 자라고 있는 작물과 가축밖에는 없었다.

　그곳을 떠나려고 했던 가온은 문득 현재 엘프들이 가진 곡물이 별로 없다는 사실을 떠올렸다.

　물론 자신이 아공간에 쟁여 둔 식량을 줘도 상관은 없지만 옥수수밭 한쪽에 작은 산을 이룬 상태로 쌓여 있는 옥수수를 보고 마음이 바뀌었다.

　'토질이 좋은 모양이네.'

　크기가 지구의 옥수수보다 두세 배는 컸는데 껍질을 벗겨 보니 알의 크기도 크고 숫자도 월등히 많았다. 어지간한 사람은 이 옥수수 하나만 먹어도 배가 부를 것 같았다.

'루시아처럼 마나가 농밀한 지역인 모양이네.'

원래 그렇지 않았다면 모라이족이 고유한 능력으로 그렇게 만들었을 수도 있었다.

가온은 앙헬을 불러냈다.

'앙헬, 일단 블랙 켄타우로스 사체들부터 챙긴 후에 저기 보이는 옥수수를 아공간에 집어넣어.'

사체는 갓상점에 팔 예정이고 껍질조차 벗기지 않은 옥수수는 모라이족에게 줄 생각이다.

밭에는 아직 수확하지 못한 옥수수들도 보였지만 그것들까지 욕심낼 필요는 없었다.

그렇게 앙헬이 사체와 옥수수를 챙기는 동안 농장을 돌아보던 가온은 옥수수밭 뒤쪽에 있어 시야에 들어오지 않았던 건물들을 발견했다.

'창고도 있네.'

키가 3미터에 육박하는 옥수수들로 인해서 보이지 않았던 공간에 있는 기다란 창고를 발견할 수 있었다. 폭 50미터에 길이는 무려 300미터에 달하는 거대한 창고 여섯 동이었다.

가까이 가니 창고라지만 나무 기둥에 지붕만 덩그러니 올린 건물들이었는데 의외로 그 안에는 다양한 곡물이 가득 들어 있었다.

'두 개의 백마대는 이 창고에 있는 식량을 가지러 온 거구나.'

인간에게는 주식인 밀과 보리부터 시작해서 옥수수, 감자, 당근, 그리고 이름을 알 수 없는 구근류와 다양한 종류의 베리들이 창고를 가득 채우고 있었다.

　창고 여섯 동 모두 꽉 채워진 상태라 이 농장의 생산량이 생각보다 훨씬 많다는 사실을 확인할 수 있었다.

　수확해서 보관하고 있던 것들인 모양인데 대부분은 수확한 그대로였지만, 일부는 재료를 알 수 없는 식물의 줄기로 짠 자루에 들어 있었다.

　가온은 순식간에 쌓여 있는 옥수수를 챙긴 앙헬을 불러서 여섯 동의 대형 창고 안에 있는 곡물들까지 모조리 챙기게 했다.

　'모라이족에게 줄 식량은 걱정하지 않아도 되겠네.'

　육류는 이미 엘프족이 몇 종류의 산양과 염소를 키우고 있었다.

　'아니, 좀 부족하겠네.'

　아이들이 많으니 육류를 더 많이 필요로 할 것이다.

　가온은 자신의 권속이 된 모라이족의 족장 알름에게 의념을 보냈다.

　-이, 이건?

　알름은 이런 식의 의사소통에 대해서 몰랐지만 지금 그의 옆에는 하이엘프들이 있었기에 금방 충격과 혼란 상태에서 벗어났다.

-온 님!

'아까 들렀는데 시간이 없어 못 만나고 나왔네요. 그곳은 어떻습니까?'

-최고입니다! 다들 만족하고 있습니다! 저희가 황무지를 풍요로운 땅으로 만들겠습니다!

알름의 의념에는 강한 의지와 만족감이 깃들어 있었다.

'하하. 그래 주십시오. 창고에 보관된 곡물에 더해서 가축을 좀 보내려고 하는데 어느 정도면 될까요?'

-저희에게도 도움이 될 뿐 아니라 가축의 성장에 크게 기여할 좋은 허브들이 지천이니, 숫자가 좀 많아도 될 것 같습니다. 양과 염소는 대략 300마리 정도면 좋겠고 농사에 크게 도움이 되는 닭과 오리는 되도록 많이 부탁드립니다.

모라이족의 숫자를 생각하면 그 정도로 될지 모르겠지만 일단 원하는 대로 해 주었다.

물론 나머지 곡물은 모조리 아공간으로 집어넣었다. 이렇게 상태가 좋은 곡물을 구할 수 있는 경우는 거의 없을 것이다.

-감사합니다! 안 그래도 부탁드리려고 했는데…….

가축과 더불어 엄청난 양의 곡물을 받은 알름 족장은 물론 내심 식량 문제를 고민했던 엘프 원로들도 크게 감사해하며 만족감을 전했다.

한동안 모라이족이 먹을 식량을 챙겨 준 가온은 이대로 떠나기가 좀 그랬다.

목장에는 여전히 엄청난 숫자의 가축이 남아 있었다. 다 합하면 족히 50만에 가까운 숫자였다.

'그냥 놔두면 블랙 켄타우로스의 식량이 되겠지.'

무엇보다 던전이 클리어되면 사라질 것을 생각하니 아까운 생각이 들었다.

가온은 녹스와 카오스를 불렀다.

'가축들을 좀 챙겨야겠어. 내가 돌아다니면서 일일이 잡아서 아공간에 넣어도 되지만 숫자가 너무 많아. 그러니까 녹스가 독으로 안락사를 시키고 카오스가 좀 챙겨 줘.'

도축할 때 피와 내장은 반드시 적출해야 하지만 지금처럼 한꺼번에 처리를 하려면 어쩔 수 없이 독을 써야만 했다.

ㅡ오랜만에 불러 놓고 너무 시시한 부탁만 하네.

녹스가 좀 투덜거렸지만 지체하지 않고 움직였다.

녹스가 공간 이동 능력과 독을 사용해서 가축을 안락사시키면 카오스가 아공간에 집어넣는 과정을 반복했다.

그 모습을 지켜보던 가온은 자신이 모라이족을 위해 한 행동이 어쩌면 블랙 켄타우로스에게 굉장히 큰 피해를 줄 수 있을 거란 생각이 들었다.

'여기가 놈들의 고향일 뿐 아니라 식량 창고일 수 있어.'

블랙 켄타우로스는 마수화가 되기 이전에도 채식은 물론

육식을 했다. 마수화가 되었으니 육류 소비는 훨씬 더 많을 것이다.

여기까지 오는 동안 동물이라고는 작고 민첩한 들쥐 등 몇 종류의 설치류밖에 보지 못했으니 고기를 구할 곳은 토벌군이 아니면 이곳밖에 없을 것이다.

'나머지는 다 잡아먹었겠지.'

알름 족장으로부터 놀이라는 몬스터의 존재에 대해서 들었다.

당연히 적지 않은 숫자가 이 던전에 서식했을 것 같은데 이상하게 보거나 들은 적이 없었다. 놀 역시 토벌군이 던전에 진입하기 이전에 이미 블랙 켄타우로스의 먹이가 된 것이리라.

'놈들이 얼마나 많은 식량을 비축하고 있을지는 알 수 없지만 이곳이 폐허가 되면 제대로 된 영양원을 구할 수 없을 거야.'

이건 숲 바깥에 서식하는 블랙 켄타우로스 암컷과 새끼들에게 해당되는 것이 아니다. 전사들 역시 먹을 것이 부족해질 것이다.

그나저나 이곳 상황이 알려지면 당장 난리가 날 것이다.

'내일까지 못 기다릴 것 같은데.'

서둘러야만 했다.

다시 녹스를 소환한 가온은 그녀의 공간 이동 능력을 이용해서 날아오면서 봐 둔 지점에 텔레포트 마도구 한쪽을 설치한 후 숙영지 근처로 이동했다.

"내일이 아니라 오늘 움직인다고?"

헤트랑 공작은 정찰을 나갔다가 돌아온 가온의 말에 의아한 얼굴을 감추지 못했다.

"네. 사실은……."

가온은 공중 정찰을 하다가 블랙 켄타우로스 암컷과 새끼들이 지내는 장소를 찾았으며 그곳에 있던 놈들의 식량을 없앴다는 내용을 알렸다.

굳이 모라이족과 관련된 얘기는 하지 않았다.

"정말인가?"

"그렇습니다. 그곳이 단순히 암컷과 새끼 들이 있는 곳이 아니라 식량 창고 역할을 한다면 그곳을 공격한 효과는 더욱 클 겁니다."

예상보다 훨씬 더 많은 전력이 빠져나올 테니 토벌군 입장에서는 반가울 수밖에 없는 소식이었다.

"으하하하! 속이 다 후련하군!"

헤트랑 공작은 블랙 켄타우로스의 식량을 모두 없앴다는 소리에 무척 기뻐했다.

"온 대장, 혹시 우리 쪽 전력 일부를 데리고 그쪽으로 이동시킬 수 있을까?"

헤트랑 공작처럼 드러내고 좋아하지는 않았지만 그 역시 기쁨을 감추지 못하는 얼굴을 하고 있던 링거 마법사가 갑자기 눈을 빛내며 물었다.

"인원이 많지만 않으면 가능합니다. 그런데 무슨 일로 그러십니까?"

"던전 클리어 조건을 맞추려면 암컷과 새끼 들을 그냥 둘 수가 없지. 되도록 많은 숫자를 도륙해야 하지 않겠나?"

"생각해 보니 과연 그러네요. 성마에 근접한 개체들도 많을 테니 기회가 났을 때 최대한 많이 처리를 해야 할 것 같아요. 저희 쪽에서도 지원을 할게요."

제린 대사제도 링거와 같은 생각이었다.

두 사람은 온 클랜이 암컷과 새끼 들을 공격하는 시늉만 하고 매복으로 의뢰를 달성하려 한다고 예상하고 있었다.

"그럼 우리 쪽에서도 별동대를 편성하도록 하지. 암컷과 새끼 들밖에 없으니 토벌에서 제외될 수밖에 없는 병력 대부분을 보낼 수 있네."

검기를 사용할 수 있는 능력이 있어야만 블랙 켄타우로스를 효과적으로 상대할 수 있기에 정예병의 절반 이상은 토벌에서 보조적인 역할밖에 할 수 없었다.

헤트랑 공작은 그 병력을 이제까지 지독하게 자신들을 괴롭혀 온 블랙 켄타우로스 암컷과 새끼 들을 사냥하는 데 투입하려는 것이다.

"알겠습니다. 제가 가진 이동식 텔레포트 마도구는 한 번에 최대 20명이 한계이니 서둘러야 합니다. 아! 마정석은 당연히 지원해 주시는 거죠?"

예상 밖의 대규모 인원을 텔레포트시키려면 마정석의 숫자가 충분해야만 했다.

"그건 걱정하지 말게. 마법사들이 동행해서 대형 텔레포트 마법진을 운용할 걸세."

그렇게 된다면 군이 텔레포트 마도구를 사용할 필요가 없었다.

다음 날.

토벌군의 마법사들이 대거 참여해서 작업한 덕분에 정오를 막 넘긴 시간에 총 5천에 달하는 토벌군이 저습지의 외곽에 해당하는 지역으로 이동할 수 있었다.

가온은 별동대에 포함된 마법사들이 텔레포트 마법진을 설치하는 동안 정령사 대원들과 함께 저습지에서 보이지 않는 지점에 긴 참호를 건설했다.

대형 텔레포트 마법진을 설치하고 운용하느라고 마법사들이 고생은 했지만, 참호 덕분에 블랙 켄타우로스 측에서는 별동대의 이동을 전혀 눈치채지 못했다.

별동대는 도착하는 즉시 가온이 미리 정령사 대원들로 하여금 만든 참호 안으로 들어가서 저습지가 시작되는 경계를 순찰하는 전사들과 저습지의 암컷들의 눈길을 피했다.

참호에는 당연히 수뇌부가 모여 회의를 할 수 있는 넓은 공간도 있었다.

사람 어깨 높이에 해당하는 참호 속에서 저습지를 내려다본 링거는 별동대의 다른 수뇌부와 함께 회의 공간으로 이동하다가 마지막까지 별동대의 이동을 꼼꼼하게 확인하고 참호를 따라 걸어오는 가온을 보고 활짝 웃었다.

"하아! 경의 정찰 내용이 사실이었군. 빌어먹을 놈들! 이런 곳에 암컷과 새끼 들을 숨겨 두고 있었다니!"

이번 별동대의 수장은 링거가 직접 맡았다. 대형 텔레포트 마법진 때문이었는데, 그의 곁에는 100명에 달하는 마법사들이 함께하고 있었다.

링거는 이미 가온에 들어 알고 있었지만 족히 3만은 될 것 같은 블랙 켄타우로스 암컷과 새끼 들의 모습을 보고 내심 충격을 받았다.

암컷들만 해도 1만은 될 것 같았고 새끼들 중 8천 마리 정도는 성체에 비견할 정도로 성장한 상태였다.

'자칫하면 큰 피해를 입힐 수 있겠어.'

블랙 켄타우로스 암컷은 무리의 대장을 통해 임신을 할 때까지는 전사로 활동하기 때문에 상당한 전투력을 가지고 있었다.

그건 링거만의 우려가 아니었다.

"암컷과 새끼 들이라고는 하지만 전력이 상당할 것 같아요. 유효한 공격을 하려면 일단 저습지로 내려가야 하는데 경사지가 완만하고 길어서 놈들의 눈길을 피하기가 힘들 것 같아요."

"맞습니다. 저습지 주위를 순찰하는 놈들만 해도 500마리는 될 것 같고, 새끼들과 같이 있는 암컷들도 옆구리에 활과 화살 그리고 창까지 차고 있습니다."

동행한 마리네 대사제는 물론 링거의 명령을 수행할 별동대의 실질적인 수장인 사르딘 백작의 눈에도 깊은 우려가 담겨 있었다.

처음부터 토벌군과 함께 움직였던 링거 마법사도 상황이 녹록지 않다는 사실을 잘 알고 있었다.

"일단 저습지가 너무 넓어서 이 인원으로도 효과적으로 사냥하기가 쉽지 않겠네."

"제 생각도 그렇습니다. 물웅덩이들도 너무 많아서 움직이는 게 쉽지 않을 것 같습니다."

"인원을 더 요청해야 하지 않을까요?"

별동대의 세 수뇌는 상황을 확인하고 자신감이 확 떨어졌다.

저습지를 무사히 내려가서 경계 지역을 순찰하는 블랙 켄타우로스 전사들을 처리하는 데 성공한다고 해도 암컷과 새끼 들을 효과적으로 공격하기가 힘들었다.

곳곳에 널려 있는 크고 작은 물웅덩이와 관목 숲은 물론 암컷이나 새끼라고 하더라도 기본적으로 뛰어난 기동력을 가지고 있다는 것이 문제였다.

"놈들을 한곳으로 모으면 어떨까요?"

그동안 뭔가 생각을 하던 가온이 그렇게 말을 꺼냈다.

"어디로 몬단 말인가?"

"저쪽을 보십시오."

가온이 가리키는 곳은 저습지의 중앙으로 그곳에는 다른 곳의 키 작은 관목 숲과 달리 제법 키가 큰 나무들로 이루어진 숲이 보였다.

"저 숲 안쪽에 상당히 큰 공간이 있습니다. 공중에서 확인해 보니 한쪽 끝에서 다른 쪽 끝까지 최소 1만 보 이상은 될 것 같은 공터였습니다. 그리고 그 공터와 숲의 경계에는 통나무를 눕혀 쌓아 올린 울타리가 있더군요. 그것을 보면 블랙 켄타우로스는 그곳을 목장을 사용했었던 것 같습니다."

링거와 제린은 물론이고 토벌군을 지휘하는 사르데 백작도 그 정도면 암컷과 새끼 들을 어느 정도 가둘 수 있는 공간이라고 인정했다.

"하지만 반대편으로 빠져나갈 수 있지 않은가?"

"그러지 못하도록 만들어야지요."

"어떻게 말인가?"

"참호를 더 길게 연결하겠습니다. 다행히 저습지의 한쪽

끝은 던전의 끝이니 그쪽까지 인원을 배치할 필요는 없습
니다."

그렇게 되면 대략 270도에 해당하는 방위에만 별동대를
배치하면 된다.

"그렇게 저습지 주위를 포위한 상태에서 아래로 내려가는
거지요. 그리고 놈들이 보든 말든 저습지 중앙에 있는 숲을
향해 전진하는 겁니다."

별동대는 마나를 사용하지 못하는 인원이 대부분이지만
다행히 몸 전체를 가릴 수 있는 큰 강철 방패와 쇠뇌를 소지
하고 있었다.

"일리는 있지만 그렇다 하더라도 저습지가 너무 넓네."

저습지의 넓이를 생각하면 5천 명으로는 어림도 없는 넓
이였다.

"그래도 놈들을 한곳으로 몰려면 그 방법밖에 없습니다.
별동대원들 사이에 마법사와 사제 들을 적절하게 배치해서
최대한 강력한 마법으로 놈들의 항전 의지를 꺾고 중앙으로
도망치게 해야 합니다."

"하지만 순찰하는 놈들만 해도 500마리는 될 것이고 암컷
들 중에서도 십마장 이상의 능력을 가진 놈들이 많아서 우리
의 포위망은 쉽사리 찢길 것 같아요."

"그건 우리가 맡아서 처리하겠습니다."

소드마스터만 무려 일곱 명이다. 마나를 사용하지 못하는

정예병으로는 감당할 수 없는 적은 소드마스터들이 맡으면 된다.

그리고 가온이 투명날개를 이용해서 공중에서 상황을 지켜보고 있다가 네 대원과 함께 그런 무리만 집중적으로 요격한다면 포위망을 벗어나는 적을 최소화할 수 있었다.

"지금으로서는 온 대장이 제안한 계획이 최선인 것 같은데, 아무래도 포위망이 너무 성긴 것이 마음에 걸리네."

링거는 아무래도 너무 욕심이 많은 것 같다.

"놈들을 다 죽이는 것이 목적이 아닙니다. 놈들 본대에서 최대한 많은 전력을 이끌어 내는 것이 목적입니다. 당연히 빠져나가는 놈들은 놔주어야 합니다."

"맞아. 하도 당하다 보니 복수하고 싶은 마음이 커서 그 부분에 너무 집중했어. 어차피 우리 별동대의 피해를 최소화하려면 그냥 포위망을 뚫으려는 놈들은 놔주면 되는 것을."

"혹시 우리가 따로 할 일이 없을까요?"

그동안 조용히 있었던 마리네 대사제가 물었다. 함께 움직이기로 한 만큼 사제들도 일정한 역할을 해야겠다고 생각한 모양이다.

"왜 없겠습니까? 별동대가 포위망을 좁혀 가면서 활로 사냥을 하는 동안 사제분들은 마법사들과 함께 신성 공격 마법으로 놈들을 압박해 주십시오."

신성 마법이라고 해서 공격 마법이 없는 것도 아니다.

"그런데 정말 포위망이 너무 헐거운 건 아닌지 모르겠네."

"저도 불안하긴 합니다. 놈들이 일시에 사방으로 도망치거나 달려들면 별동대는 막을 수가 없습니다."

일단 가온의 계획을 받아들였지만 링거와 사르딘 백작은 여전히 불안한 모양이다.

'확신을 가져도 실패할 가능성이 높은데…….'

만약 토벌군이 겁에 질리게 되면 암컷과 새끼 들을 모두 놓치는 것은 물론이고 토벌군에도 큰 피해가 발생할 것이다.

아무래도 다른 수를 생각해 내야 할 것 같았다.

몇 번이나 공중 정찰을 했던 저습지 지형을 곰곰이 생각한 가온에게 좋은 생각이 떠올랐다.

"확실하지가 않아서 여러분에게 말씀드리지 못한 것이 있는데 불안해하시니 말씀드리지요."

'물웅덩이들을 연결하면 자연 방책이 되지.'

저습지와 경사지의 경계 근처에는 수십 개의 크고 작은 물웅덩이들이 30미터에서 150미터의 거리를 두고 자리하고 있었다.

만약 그 물웅덩이들을 연결할 수 있다면 완벽한 원형은 아니지만 마치 거대한 해자와 같은 물길이 만들어진다.

물론 수심이 낮은 곳도 있어서 일부는 도망칠 수 있겠지만 최소한 새끼들의 경우 감히 그 해자를 건널 생각은 하지 못할 것이다.

가온이 자신의 생각을 밝히자 링거와 마리네 사제 그리고 사르딘 백작이 눈길을 주고받더니 이내 고개를 끄덕였다.

"그런데 정말 그런 해자를 만들 수 있겠어요?"

토벌군이 이제껏 한 번도 성공하지 못했던 매복 작전을 성공시켜 사흘 만에 굉장한 성과를 거둔 온 클랜이지만 눈으로 직접 보지 못한 마리네 사제로서는 걱정이 되지 않을 수 없었다.

"정령들이 만들 겁니다."

'그러니까 온 클랜의 정령사들이 그런 엄청난 역사를 수행할 능력이 있냐고요?'

마리네는 그렇게 묻고 싶었지만 그랬다가는 온 클랜의 능력을 의심하는 일이 되기에 억지로 그 마음을 눌렀다.

"일단 참호부터 확장한 후에 해자 만드는 일을 시작할 테니 일단 별동대는 정숙을 유지한 채 쉬면서 식사를 하도록 해 주십시오. 아! 순찰 병력부터 처리를 해야 하니 쇠뇌를 능숙하게 사용하는 병사들을 따로 모아 주십시오."

해자를 만드는 작업을 진행하기 전에 저습지 외곽을 순찰하는 블랙 켄타우로스 부대부터 정리해야만 했다.

"알겠소."

이제야 이번 작전에 어느 정도 확신을 가지게 된 사르딘 백작이 별동대 간부들을 소집했다.

고오오오!

완만한 경사지와 저습지의 경계 부분에서 발생한 수십 개의 거대한 토네이도들이 자욱한 흙먼지를 빨아올리며 거대한 벽을 만들었다.

초지에서 한가롭게 먹이활동을 하거나 놀던 블랙 켄타우로스 암컷과 새끼 들은 처음 보고 겪는 토네이도들에 놀라 황급히 안쪽으로 이동했다.

거대한 바위까지 빨아올릴 정도로 강력해진 토네이도들은 다행히 저습지 안으로 들어오지는 않았지만 자욱한 흙먼지로 인해서 하늘은 물론 저습지로 내려오는 경사지 쪽은 전혀 보이지 않았다.

토네이도들이 느린 속도로 저습지 안쪽으로 움직이고 있지만 저습지 외곽도 자욱한 흙먼지로 인해 시야가 크게 좁아졌다.

토네이도뿐만이 아니었다. 마법사들이 저습지로 내려가는 경사지 위쪽에서 윈드 마법으로 펼치고 있어 흙먼지는 저습지 쪽으로 날아갔다.

그때 흙먼지에 몸을 감춘 채 경사지를 기어서 내려오는 인간들이 있었는데 두꺼운 천으로 된 두건을 쓰고 있어 눈만 겨우 보였다.

서너 명씩 짝을 지은 그들은 바람을 등지고 빠른 속도로 경사지를 기어 내려와서 흙먼지로 인해서 꼼짝도 하지 못하고 한자리에 서 있는 블랙 켄타우로스 전사를 향해 볼트를 쐈다.

대부분의 블랙 켄타우로스는 저습지를 향해 머리를 두고 있었다. 경사지를 따라 내려오는 바람에 실린 흙먼지 때문이었다.

그러니 시력은 무용지물이 되었고 청력도 바람 때문에 크게 낮아져서 바닥을 기어 접근하는 별동대의 기척을 알아차리지 못한 것이다.

그런 상황에서 미리 목표를 지정받은 별동대원들이 쏘는 쇠뇌의 볼트를 피하는 블랙 켄타우로스들은 거의 없었다.

백마장과 오십마장들이 그나마 별동대의 기척을 알아차리고 대비를 하려고 했지만 놈들에게는 열 명씩 배치되었기 때문에 결국 볼트 세례를 피하진 못했다.

블랙 켄타우로스에 비해서 시력이 좋아서가 아니라 토네이도가 불기 시작했을 때 미리 지정된 목표의 위치를 기억해두었기 때문이다.

비록 흙먼지로 인해서 목표가 있는 위치까지 곧바로 가기는 힘들었지만 아예 모르고 가는 것도 아니고 혼자만 가는 것도 아니었다.

결국 저습지 외곽을 순찰하는 임무를 받은 블랙 켄타우로스 부대는 순식간에 궤멸당하고 말았다.

물론 토네이도들로 인해서 고립이 되어 버린 저습지 안쪽에서는 그런 정황을 전혀 알아차리지 못했다.

별동대가 블랙 켄타우로스 순찰대를 해치우고 얼마 지나자 온 클랜은 정령사들이 소환한 대지의 정령과 물의 정령들이 활동을 시작했다.

저습지 외곽의 물웅덩이 사이의 대지가 꺼지듯 아래로 내려앉으며 물길이 나 버린 것이다.

물론 정령사들이 소환한 정령들의 역량만으로는 그런 일이 지속될 수가 없었다. 카오스가 본격적으로 개입한 것이다.

계속해서 아래로 가라앉는 지반으로 인해서 물웅덩이들이 연결되고 가라앉은 땅이 물에 잠겼다.

정령사들은 지칠 때면 교대로 가온이 준 정령석을 손에 쥐고 명상을 해서 정령력을 회복했지만 카오스는 그럴 필요가 없었다.

ㅡ쳇! 혼자 하면 더 빠를 텐데.

카오스는 가온이 부탁한 대로 정령사들에 맞추어서 작업을 하고 있었다. 굳이 별동대를 놀라게 할 필요는 없었던 것이다.

물론 정령사 대원들도 이젠 카오스의 존재를 알고 있었다. 그리고 대장이 정령의 존재를 외부에 알리고 싶어 하지 않는다는 사실도 알기에 묵묵히 지시대로 하는 것이다.

마침내 저습지 외곽을 연결하는 해자가 완성되었다. 폭이 좁은 곳은 15여 미터였고 넓은 곳은 40미터나 되었다.

물론 저습지 안쪽에서는 그 사실을 알 수 없었다.

잦아들고 있는 토네이도로 인해서 주위를 자욱한 흙먼지가 가리고 있었기 때문이다.

별동대는 미리 준비한 천으로 두건을 만들어서 코와 입을 가린 채 흙먼지를 뚫고 경사지를 내려와 해자를 앞두고 늘어섰다.

그렇게 포위망이 완성되자 그렇게 거세게 불었던 토네이도들은 마치 거짓말처럼 사라지고 수십 미터 높이까지 치솟았던 흙먼지도 빠르게 가라앉았다.

그런 변화를 멀리에서 지켜보던 블랙 켄타우로스 암컷들은 갑자기 저습지 외곽에 나타난 인간들을 보고 화들짝 놀랐다.

"히이잉!"

여기저기에서 암컷들이 비명을 지르며 새끼들을 모으기 시작했지만, 아직은 거리가 먼 만큼 지켜보면서 전사들처럼 항상 소지하고 다니는 활과 창을 꺼내 쥘 뿐이었다.

그때 저습지를 포위한 인간들이 물웅덩이를 건너기 시작했다. 깊이는 차이가 있었지만 대부분 사람 키를 훌쩍 넘었기에 누렇게 변한 해자를 수영을 해서 건너야만 했다.

그렇게 해자를 건넌 별동대원들은 물에 젖은 상태지만 투기를 발산하며 활과 쇠뇌를 들었다.

명령에 따라 일제히 화살과 볼트를 장전한 별동대원들은 빠르게 걷기 시작했다.

그 뒤를 따르는 이들도 있었다. 네 명의 마법사와 사제 들이 별도의 호위 전력과 함께 별동대원들을 따라 전진했다.

저습지 공략

저습지 중앙과 가까워질수록 별동대원들의 간격은 빠르게 좁아졌다.

그들의 앞에는 물웅덩이가 나타나기도 했지만 이제는 굳이 물에 빠질 필요는 없었다. 돌아갈 길이 있었기 때문이다.

지속해서 물러나던 블랙 켄타우로스 측도 암컷들이 앞으로 나온 대열로 그 자리에 멈추었다.

당연히 양측의 거리가 가까워졌다.

마침내 양측의 거리가 100보로 좁아졌을 때 예상했던 움직임이 시작되었다.

슈슈슛!

긴장이 극도에 달한 블랙 켄타우로스 암컷들이 일제히 시위를 당겼다.

하지만 별동대원들은 그에 대한 방비를 하고 있었다. 방패를 땅에 단단히 박아 넣고 몸을 가렸다.

타타타탓!

강철판에 가죽을 몇 겹으로 씌운 방패의 위력은 대단했다. 마나가 깃든 화살들이 박혔지만 부서지거나 완전히 관통되지는 않았다.

물론 사선으로 날아오는 화살의 경우에는 어쩔 수 없었지만 놈들은 아직 그런 수까지는 생각해 내지 못했다.

별동대원들은 그 상태로 연속해서 날아오는 화살을 방패로 막아 내기만 했다.

당연히 집중적으로 화살이 박혀 강철임에도 방패가 부서진 경우도 생겼고 마나가 많이 주입된 화살이 방패를 관통하는 경우도 생겨서 죽거나 다치는 별동대원들도 나오기 시작했다.

심지어 블랙 켄타우로스 수백 마리는 좁아진 포위망을 뚫고 도망치기도 했다.

단순히 별동대원들 사이로 도망치는 놈들은 건드릴 필요가 없었지만, 잔뜩 흥분해서 별동대원을 공격하는 놈들은 별동대 사이에 끼어 있던 온 클랜원과 하늘을 날아다니는 가온에게 척살당했다.

애초에 도망치려는 것이지 인간을 공격할 의사가 없는 놈들이 태반이었기에 더 이상의 피해는 발생하지 않았다.

그렇게 별동대원들은 그 상태를 고수했다. 마법 지원이 있기 전까지는 어떤 일이 벌어지더라도 그 자리에서 적의 공격을 막기만 하라는 명령을 받은 것이다.

기다림은 길지 않았다. 드디어 기다리던 마법 공격이 시작되었다.

"파이어 볼!"

"홀리 애로우!"

"일렉트릭 쇼크!"

"홀리 스피어!"

"익스플로전!"

연신 화살을 날리는 블랙 켄타우로스 암컷들을 향해 날아가는 마법 투사체들이 두 진영 사이의 공간을 가로질렀다.

그 결과는 생각 이상이었다.

신성 공격 마법은 대인용이지만 일반 공격 마법은 범위형이었다.

파이어 볼의 화염 범위만 해도 반경 3, 4미터에 달하니 일렉크릭 쇼크나 익스플로전의 경우는 말할 필요도 없었다.

생각했던 것보다 훨씬 더 빠르고 정확하게 날아오는 마법 투사체를 보고도 화살을 쏘느라고 제대로 피할 수 없었던 블랙 켄타우로스 암컷들은 그야말로 횡액을 맞았다.

순식간에 블랙 켄타우로스 진영에 큰 혼란이 벌어졌다.

화계 마법에 맞아 불길에 휩싸였거나 폭발과 전격에 노출된 암컷들은 끔찍한 고통에 비명을 질렀고 새끼들은 공포에 휩싸였다.

당연히 무사한 암컷들도 많았지만 그 와중에 화살을 쏠 엄두는 내지 못했다.

그때 별동대원들이 땅에 박힌 방패를 자신 쪽으로 약간 눕히고 미리 땅에 찔러 넣은 창대로 방패를 지지하게 만들었다.

그리고 활이나 쇠뇌를 꺼낸 후 시위에 화살과 볼트를 장전했다.

슈슈슈슛!

5천에 달하는 별동대원이 일제히 화살과 볼트를 발사했다. 쇠뇌야 원래 직사형 무기지만 거리가 가까웠던 만큼 화살도 굳이 곡사로 쏠 필요도 없었다.

화살과 볼트는 마법 투사체들로 인해서 공황 상태에 빠진 블랙 켄타우로스 암컷들은 물론 그 뒤쪽에 모여 부들부들 떨고 있던 새끼들의 몸도 사정없이 꿰뚫었다.

암컷들은 더 이상 인간들을 공격할 생각을 하지 못했다. 화살이나 볼트도 무섭지만 처음 접하는 마법 공격이 워낙 강력한 위력을 발휘한 것이다.

그때 일단의 블랙 켄타우로스들이 한곳에 집결하기 시작했다. 숫자가 적어도 400마리는 될 것 같았는데 암컷은 물론 저습지 내부에 주둔하던 수컷 전사들도 포함되어 있었다.

놈들은 달리는 중에도 화살을 날릴 수 있었지만 별동대의 방패를 의식했는지 길고 두꺼운 창을 옆구리에 끼고 달릴 준비를 취했다.

말이 400마리지 2열 횡대를 취했기에 그 진로에 있는 수많은 별동대원은 순식간에 죽고 말 것이다.

하지만 놈들은 달릴 수가 없었다.

공중에서 쏟아지는 오러샷과 마나포탄 그리고 화살 들이 2열로 쭉 늘어서고 있던 놈들을 그대로 직격했다.

무리의 다른 놈들이 하늘에서 쏘아지는 공격을 인지했을 때는 너무 늦었다.

수십 개의 뇌전구가 일정한 간격을 두고 블랙 켄타우로스 들 사이에 떨어졌다.

츠즈즈즈즈.

한 뇌전구가 방출된 전격은 블랙 켄타우로스 십여 마리를 삼켜 버렸다.

그러니 졸지에 2열 횡대로 늘어서 있던 블랙 켄타우로스 들은 시퍼런 뇌전에 휩싸여 버린 것이다.

그런 상태에서 공중 공격이 이어졌다.

마나포탄은 몰라도 화살과 오러샷 건은 연사가 가능했고 심지어 가온의 마나탄은 한 번에 열 발씩 발사할 수 있었다.

시퍼런 전격이 미처 사라지기도 전에 더 이상 제자리에 서 있는 블랙 켄타우로스는 보이지 않았다.

한편 첫 번째에 이어 두 번째 마법 투사체들이 블랙 켄타우로스들을 직격했다.

고막이 터져 나갈 것 같은 폭발음과 화염이 퍼지고 시퍼런 뇌전에 감전된 놈들은 끔찍한 비명을 질렀다.

결국 공포에 질린 한 놈이 뒤쪽으로 몸을 돌렸다.

원래 켄타우로스는 용맹했고 마수화된 상태에서는 두려움을 거의 느끼지 못했지만 새끼들은 달랐다. 아직은 겁이 많았다.

성체에 가까울 정도로 성장한 개체들도 거의 수천에 달했지만 사냥이나 전투 경험이 부족했기에 그동안 연습했던 궁술이나 투창 스킬을 사용할 엄두도 내지 못했다.

언제고 자신들을 지켜 줄 것 같았던 암컷 전사들이 마법에 당해 죽거나 끔찍한 고통에 비명을 지르자 공포에 질린 새끼들은 무작정 뒤로 도망쳤다.

새끼들이 도망치기 시작하자 어미들도 어쩔 수 없이 놈들의 뒤를 따랐다. 마수이기는 하지만 새끼들에 대한 보호 본능이 그렇게 시킨 것이다.

그렇게 되자 맞서 싸우자던 태세는 순식간에 사그라들고 모두 도망칠 생각밖에 하지 못했다.

당연히 도망치는 놈들을 노리고 화살과 볼트 들이 날아갔다.

새끼라고 해도 워낙 몸집이 컸고 달리 정예병이 아니었기에 빗나가는 화살이나 볼트는 그리 많지 않았다.

전사가 되면 화살이나 볼트에 맞아도 급소가 아닌 이상 그 상태로도 전투가 가능하지만 겁에 질린 놈들은 쇼크에 빠져 죽어 나갔다.

그렇다고 해서 별동대원은 빠르게 걷지 않았다. 미리 내려진 명령대로 천천히 전진하면서 화살을 날리기만 했다.

그렇게 별동대원들은 천천히 포위망을 좁히면서 초지의 중앙으로 향했다.

중앙의 큰 나무숲으로 도망쳤던 암컷과 새끼 대다수는 뛰어넘기 어려운 높이의 통나무 울타리로 인해서 발을 멈추거나 어쩔 수 없이 되돌아 나와만 했다.

인간처럼 팔이 있기는 하지만 네 다리를 가진 하체로 인해서 높은 벽을 넘는 것은 도약이 아니면 무척 어려운 일이었다.

정신없이 도망을 치다가 식량을 기르고 보관하는 곳을 확인하자 암컷 성체들은 정신을 차렸다.

울타리를 부수면 어떻게든 안으로 들어갈 수는 있지만 그렇게 되면 완벽하게 포위가 되어 죽을 수밖에 없다는 사실을 깨달은 것이다.

결국 놈들은 다시 숲 밖으로 나올 수밖에 없었다. 그리고 죽음을 각오하고 인간들의 포위망을 돌파했다.

그런 놈들을 상대로 필사적인 자세로 사냥을 할 필요는 없었다.

별동대 수뇌부는 그렇게 생각하고 근접전은 피하라는 명령을 내려 두었다.

이미 엄청난 숫자의 암컷과 새끼 들을 사냥한 별동대는 놈들을 적극적으로 사냥할 의사가 없었다.

별동대의 기세가 약화된 것을 본능적으로 알아차린 강한 전투력을 가진 암컷들이 새끼들을 데리고 탈출을 감행했다.

하지만 그 숫자는 불과 1만에 그쳤는데 사방으로 흩어졌다. 공포에 잠식된 결과가 그렇게 무서웠다.

작전이 시작되고 1시간이 지나자 별동대는 포위망을 풀었다. 이제 도망칠 놈들은 도망쳤고 나머지는 다 죽였다.

수뇌부의 명령에 별동대원들이 승리를 만끽하며 쉬는 동안 수고한 온 클랜원들도 한자리에 모여 휴식을 취했다.

별동대는 일부를 제외하고는 마정석 적출을 시도하지 않았다. 마나를 사용할 수 없었기에 작전을 수행한 것만으로도 지쳐 있었기 때문이다.

온 클랜원들도 지치긴 마찬가지였다. 별동대원들 사이에 끼어서 그들이 감당하기 어려운 상대를 처리하는 역할을 수행해야만 했다.

대원들은 물웅덩이 주변에 자라는 나무 몇 그루 아래에 자리를 잡고 저마다 편한 자세로 휴식을 취했다.

하지만 그 안에 가온의 모습은 보이지 않았다. 구조물에 매달렸던 네 명은 이미 지상에 내려놓은 후였다.

"대장님은 어디 계시지?"

"별동대 수뇌부와 같이 있지 않을까?"

"그렇겠지?"

클랜원들은 가온이 별동대 수뇌부와 함께 있다고 생각하고 더 이상 찾지 않고 편하게 휴식을 취했다.

하지만 가온은 할 일이 있었다.

은신한 상태로 이동하면서 죽은 지 1시간이 넘지 않는 사체를 대상으로 한동안 사용하지 못했던 파워 드레인 스킬을 펼쳤다.

숫자가 많아서 그런지 시간은 좀 걸렸지만 의외로 암컷들 중에서 오십마장이나 백마장급이 많아서 수확은 아주 풍성했다.

새끼들의 사체는 녹스와 마누 그리고 카오스가 자신들의 아공간에 챙겨 넣었다. 토벌군이 말하길 블랙 켄타우로스 고기의 맛이 아주 끝내준다고 했기 때문이다.

가온이 할 일을 마치고 동료들이 있는 곳을 찾으려고 막 날려고 할 때 앙헬이 돌아왔다.

'챙길 게 좀 있었어?'

저습지가 블랙 켄타우로스의 고향일 가능성이 높은 만큼 앙헬에게는 혹시 모르는 보물이 있는지 찾아보도록 했었다.

ㅡ킹이 지내는 거처로 보이는 장소에서 아공간 주머니 다

섯 개를 찾았어요.

원래부터 킹이나 블랙 켄타우로스 일족이 가지고 있는 것은 아닐 테니 그동안 놈들에게 죽은 토벌군 지휘관으로부터 약탈한 것이리라.

가온은 아공간 주머니들의 내용물을 확인했다.

바로 아공간 주머니 안을 확인한 가온의 눈이 순간 커졌다.

'마정석?'

마차 한 대에 해당하는 아공간은 수를 헤아리기 힘들 정도의 마정석으로 가득 차 있었다.

등급 외도 세 개나 되었는데 사용처는 따로 모르는 듯 구분도 하지 않고 모조리 여기에 집어넣은 것을 보니 토벌군의 간부가 한 건 아닌 것 같았다.

'설마 블랙 켄타우로스 킹이 아공간 주머니를 사용할 수 있었던 건가?

지능이 높은 수인족이니 그럴 가능성이 컸다.

'토벌군이 들어오기 직전까지 던전에 서식하는 다른 마수와 몬스터 들을 거의 모두 사냥했다고 하더니 전리품인 모양이네.'

그런데 마정석은 그것이 전부가 아니었다. 다른 두 개의 아공간 주머니에도 마정석이 잔뜩 들어 있었다.

'상급들도 꽤 많고. 정말 어마어마하네. 이 정도면 이 던전에 서식하던 마수나 몬스터를 모조리 쓸어버렸겠네.'

세 아공간 주머니 안에 있는 마정석의 숫자는 대략 계산해도 5만 개에 가까웠다.

하긴 이 부유 섬 크기를 생각하면 생물의 종류나 숫자 그리고 밀도가 너무 낮았다. 이미 블랙 켄타우로스들이 안에 서식하던 생물을 대부분 사냥했던 것이리라.

'횡재했네.'

앞으로 마정석 들어갈 일이 한두 곳이 아니었는데 정말 다행이다.

이제 남은 아공간 주머니는 두 개.

하나를 확인한 가온은 벼리에게 의견을 구한 후 고개를 격렬하게 끄덕였다.

'이곳에도 다양한 효과를 가진 허브들이 자라고 있구나.'

의뢰에만 신경을 쓰고 있어서 초지에 자라는 풀에는 신경을 전혀 쓰지 못했다.

벼리가 그간 수집한 탄 차원의 지식과 비교했을 때 아공간 주머니 안에 들어 있는 허브들은 하나같이 마나를 증진시키고 생명력을 높여 주는 효과를 가진 영약급이었다.

'나중에 제약이나 조제와 관련된 스킬도 한번 찾아서 익혀야겠다.'

내성이 전혀 없는 줄 알았던 허니비 꿀이나 콰르의 고기도 너무 많이 먹어서 그런지 이젠 마나 증진의 효과가 크게 떨어진 상황이니 다른 수를 알아봐야만 했다.

가온은 만족한 상태로 마지막 아공간 주머니를 확인했다. 이미 충분히 만족했기 때문에 텅 비어 있어도 아쉬울 것 같지 않았다.

그런데 생각지도 못했던 물건이 있었다.

안에는 다양한 크기의 고깃덩어리로 보이는 물건들이 수백 개가 들어 있었다. 가온이 알고 있는 보물은 분명 아니었다.

'이게 뭐지?'

그중 하나를 꺼내 보니 막 적출한 상태의 심장이었다.

"심장?"

너무 놀라서 육성이 튀어나왔다.

'대체 이게 왜?'

그런데 더 놀라운 것은 아직도 팔딱거릴 것처럼 싱싱해 보이는 심장에서 엄청난 마나가 방출되고 있다는 점이었다.

'원래 이런가?'

보통 마정석은 심장에 들어 있으니 어쩌면 당연한 일인지는 모르지만 심장까지 통째로 적출한 적이 없어서 확실하지는 않았다.

'혹시 블랙 켄타우로스 킹이 이걸 간식으로 먹는 걸까?'

그럴 수도 있지만 어쩌면 이 심장들을 먹는 방법으로 마나 보유량을 늘리는지도 모르겠다.

가온은 킹이 사로잡은 토벌군 간부를 통해서 아공간 주머니를 획득하고 사용하는 방법을 알게 된 후 자신의 비약적인

예지몽으로
히든랭커

성장을 위해서 모종의 방법으로 마정석을 심장에 녹인 상태로 만들어서 보관하려고 했다는 사실은 알지 못했다.

아무튼 금방 적출한 심장을 먹는 악식 습관은 없으니 일단 아공간 주머니에 다시 넣었다. 굳이 이 자리에서 마정석을 적출할 생각은 없었다.

'아무튼 마무리하길 잘했네.'

오랜만에 파워 드레인 스킬로 많은 에너지는 물론 스텟 증가와 더불어 기대 이상의 전리품을 얻어 동료들에게 돌아가는 가온의 발길은 가볍기만 했다.

'아!'

생각해 보니 모라이족이 블랙 켄타우로스들에게 만들어 준 창과 화살 들도 챙겨야 했다.

'보통의 화살보다 더 강도가 높고 목표를 꿰뚫은 촉의 상태도 사용한 것 같지 않게 날카로웠어.'

어떻게 그게 가능한지는 알 수 없지만 모라이족이 뼈로 재료로 만들어 낸 창과 화살은 나무는 물론 철을 재료로 만든 것들보다 더 상품이었다.

당연히 앙헬이 고생해야만 했는데 자연의 정수 한 병으로 불평을 잠재워 버렸다

대원들과 함께 빵과 소시지로 늦은 점심을 먹는 가온의 시선은 저습지 외곽의 경사지를 향하고 있었다.

'지금쯤 이쪽 상황을 보고받은 블랙 켄타우로스 킹이 보낸 부대가 달려오겠군.'

블랙 켄타우로스의 전력 중 일부를 이탈시키기 위해서 일부러 포위망을 느슨하게 유지했었다. 분명히 도망친 일부는 놈들의 본대로 갈 테니 말이다.

원래라면 온 클랜은 의뢰를 완수하기 위해서 놈들이 올 길목에 매복하기 위해서 움직여야 하지만 지금은 별동대와 함께 저습지의 숲에 머무르고 있었다.

그럴 이유가 있었다.

암컷과 새끼 들을 정리한 직후 토벌군 사령관인 헤트랑 공작으로부터 반가운 소식을 받았다. 의뢰를 완수했음을 인정하는 내용의 전언이었다.

별동대의 보고를 통해서 사살한 암컷 중 상당한 숫자의 백마장과 오십마장 그리고 십마장이 있었다는 사실이 알려진 것이다.

임신을 하기 전은 물론 새끼를 성체로 키운 후에도 전사로 활동하는 암컷들이 많았기에 고위급 개체들이 적지 않았기 때문이다.

물론 그런 암컷들은 새끼들 때문에 운신이 쉽지 않은 상황에서 화살과 마법 등 원거리 공격에 일방적으로 당하는 바람에 등급에 해당하는 전투력을 증명할 수 없었다.

그렇게 의뢰를 완수했지만 이제 막 대형 텔레포트 마법진

을 설치할 준비를 하고 있는 별동대를 떠나지 않는 이유가
있었다.

─혹시 모르니 그쪽으로 가는 놈들의 발길을 묶어 주게. 그리고 가능
하면 별동대의 피해가 없도록 도와주고.

마법사와 사제 들을 제외하면 별동대원 대부분이 마나를
사용하지 못한다는 점 때문에 걱정이 되었는지 헤트랑 공작
이 그렇게 부탁했다.

그런데 미처 대답을 하기도 전에 공작이 보상을 내걸었다.

─어려운 의뢰를 수행한 뒤로 피곤할 텐데 이런 부탁을 해서 미안하
네. 대신 던전을 클리어한 후 개인적으로 본가가 소장하고 있는 유물 세
점을 주겠네.

개인적으로는 마지막 전투에 적극적으로 참가하고 싶었지
만, 헤트랑 공작은 마지막을 오롯이 토벌군이 마무리하고 싶
은 모양이다.

"알겠습니다."

안 그래도 당장 던전에 더 머무를 생각이었고 별동대가 공
격을 받는다면 당연히 적극적으로 싸울 생각이었는데 보상
까지 준다니 굳이 거절할 이유가 없었다.

가온이 굳이 마지막 전투까지 참가하려는 이유가 있었다.
이 던전의 클리어 보상에 대한 추가 보상이 궁금한 것이다.

'점보 던전의 모든 층에서 높은 업적을 세운다면 분명 차
원이 다른 보상을 받을 수 있을 거야.'

던전 한 층을 클리어하는 과정에서 세운 업적으로도 엄청난 보상을 받았는데, 다섯 층 모두에서 높은 업적을 세운다면 어떨까?

가온은 당연히 추가 보상이 있을 것이며 그 내용을 기대할 수밖에 없었다.

문제는 대형 텔레포트 마법진을 다시 설치하는 데 1시간 정도가 더 소요될 텐데, 지금이면 이쪽의 변고를 파악하고 출동할 블랙 켄타우로스는 대략 30분 정도면 이곳에 도착할 거라는 사실이다.

이쪽으로 달려올 블랙 켄타우로스가 몇 마리나 될지, 어느 길로 올지도 알 수 없는 상황에서 함정을 파고 매복을 하기는 애매했다.

별동대의 수뇌부도 딱히 놈들을 상대할 전술이 없었다. 그냥 자신들을 공격하면 맞받아친다는 원론적인 대응 원칙만 정해 놓았을 뿐이다.

가온은 온 클랜원들은 당연히 무사할 테지만 마나를 사용하지 못하는 별동대원들이 입을 당연한 피해를 생각하자 마음이 아팠다.

그래서 고심을 하다가 한 가지 방법을 떠올렸다.

해자를 이용한다면 전력으로 달려와서 힘이 빠진 놈들을 어렵지 않게 막아 낼 수 있을 것이다.

'어차피 토벌군이 블랙 켄타우로스 본대를 사냥하면 던전

은 클리어되니까.'

본대 쪽 소식을 듣고 회군을 하면 좋겠지만 계속 공격을 한다고 하더라도 해자와 전신을 가릴 수 있는 방패를 이용한다면 충분히 놈들을 막아 낼 수 있었다.

별동대 수뇌부는 다른 대안이 없던 터라 가온의 의견을 받아들이기로 했다.

"그래도 놈들의 규모나 오는 방향 정도는 알아야 하니 바로 정찰을 나가도록 하겠습니다."

"정말 고생이 많네. 수고해 주시게."

이젠 완전히 가온과 온 클랜을 인정한 링거가 고마운 눈빛을 보냈다.

높은 상공으로 날아오른 가온은 짧게 아래쪽을 둘러보는 것만으로 현재 지상에서 벌어지는 상황을 재빨리 파악했다.

당연히 블랙 켄타우로스 본대에서 보낸 지원대도 발견할 수 있었다.

'역시 꽤 많은 숫자를 보냈네.'

암컷과 새끼 들이 지내는 곳이 공격받는다는 소식에 놀란 킹은 2천 정도의 병력을 파견했는데 이제 막 숙영지를 빠져나오고 있었다.

이렇게 되면 온 클랜과 별동대를 활용한 뒤치기 작전은 대성공이다.

'대략 8천 정도에서 2천이 빠졌으니 이제 토벌군도 해볼 만하겠네.'

단순히 숫자만 줄어든 것이 아니다. 이번 지원대에 백마장과 오십마장이 많이 포함되었기 때문에 놈들의 본대 전력은 더 낮아졌다.

토벌군도 이미 움직였다. 다만 놈들의 뛰어난 시력을 감안해서 아주 느리게 움직였는데, 효과는 확실했다.

토벌군 부대 간의 간격은 좁아졌고 포위망도 촘촘해졌다.

과연 블랙 켄타우로스 측이 이런 움직임을 모르는지 확실하지는 않지만 놈들은 그 자리에 머무르고 있을 뿐 후퇴를 할 생각은 없는 것 같았다.

아마 토벌군이 좀 더 접근하면 확실한 반응이 나올 것이다.

'조금 더 지켜보자.'

암컷과 새끼 들을 구하기 위해 파견된 블랙 켄타우로스 부대가 아무리 전력 질주를 한다고 해도 최소한 30분 정도는 여유가 있어 이번에는 토벌군 쪽을 살펴보았다.

'벌써 준비를 끝냈네.'

토벌군은 어느새 학익진과 유사한 진형을 갖추고 있었다. 토벌군 본진이 그 자리에 머물러 있는 동안 좌우익이 조금씩 앞으로 움직이기 시작했다.

그 움직임이 아직 노골적인 게 아니라서 그런지 블랙 켄타우로스 쪽은 아직 별다른 반응을 보이지 않고 있었다.

그래도 어느 정도 거리가 가까워지면 블랙 켄타우로스들이 모를 리는 없었다.

그렇게 되었을 때 블랙 켄타우로스가 쓸 전술은 짐작할 수 있었다.

'사정거리 안으로 들어오는 순간 화살을 쏟아붓겠지.'

모라이족이 만든 활은 토벌군이 사용하는 활보다 사정거리가 더 길었고 화살의 위력도 강했다.

'반드시 끝장을 내야만 하는 토벌군은 방패를 사용해서 화살 공격을 막으면서 전진해서 어떻게든 적의 숙영지를 포위하려고 할 테지만, 나라면 토벌군이 진출하는 만큼 물러나면서 계속 화살 공격을 할 거야.'

그렇게 토벌군의 피해가 쌓이고 거리가 가까워지면 투창으로 피해를 확대한 후 소지한 것 중 가장 큰 창을 랜스처럼 사용해서 돌진할 것이다.

비록 토벌군이 방패를 소지하고 있다고 해도 화살이라면 몰라도 투창 공격에는 많은 피해를 입을 수밖에 없다.

그런 상태에서 랜스차징이 가해지면 중앙은 몰라도 약한 날개 부분은 단숨에 찢어질 수밖에 없다.

학익진의 단점은 빠른 속도로 날개를 찢어 버리면 진형이 엉망이 된다는 것이다. 그리고 블랙 켄타우로스는 충분히 그럴 수 있는 전력을 갖추고 있다.

게다가 블랙 켄타우로스는 엄청난 기동력을 가지고 있다. 포위망이든 학익진이든 순식간에 부숴 버리고 역으로 포위 공격을 할 수도 있었다.

변수는 마법사와 사제의 존재다. 그들이 전투에서 얼마나 큰 역할을 하느냐에 따라 마지막 전투의 향방이 바뀔 수 있었다.

블랙 켄타우로스 킹의 전투력 역시 변수에 해당하지만 토벌군 측도 그에 대한 준비는 충분히 해 두었을 것이다.

어쨌거나 1만에 달하던 적의 전력이 4할 가까이 약화되었고 던전 브레이크도 얼마 남지 않았으니 토벌군은 이번에 끝장을 내야만 했다.

물론 블랙 켄타우로스의 입장도 비슷했다. 가온이 놈들의 식량을 모조리 약탈했기 때문에 놈들이 살려면 어떻게든 이 던전을 빠져나가는 방법밖에 없었다.

그건 토벌군을 전멸시킨다고 해도 마찬가지다.

잡식, 아니 육식 쪽으로 음식 성향이 바뀐 블랙 켄타우로스가 이 던전에서 토벌군의 사체를 먹으면서 버틸 수 있는 시간은 그리 많지 않았다.

결국 던전 브레이크가 일어날 수밖에 없었다.

'일단 좀 도와줘야겠네.'

그래도 학익진을 완성해야만 피해가 최소화될 것이다.

가온은 마통기를 꺼내 들었다.

마지막 전투

"……알겠네. 그렇게 하도록 하지. 고맙네. 이 은혜는 꼭 보답하도록 하지."

통화를 끝낸 헤트랑 공작이 안도한 얼굴로 마통기를 내려놓았다.

"누구예요?"

마침 바로 옆에 있던 공작의 손녀 헤롯이 물었다. 내내 심각하게 굳어 있었던 공작이 통신을 하는 동안 눈에 띄게 안색이 좋아졌기 때문이다.

물론 다른 수뇌부들도 공작의 변화를 봤기에 궁금해했다.

"온 훈 대장이다."

"온 대장이 왜요? 뭐래요?"

헤롯은 자신의 목숨을 구해 준 것이나 다름없는 가온이 언급되자 급격히 흥분했다.

　"바람의 정령으로 토네이도를 생성해서 우리의 움직임을 감추어 주겠다고 하더구나. 사실 이번 작전은 놈들에게 우리의 움직임을 얼마나 늦게 간파당하느냐에 성공 여부가 달려 있거든."

　"온 클랜의 정령사들이 토네이도를 발생시키고 인위적으로 방향까지 유도할 수 있단 말인가요?"

　링거를 대신해서 본진에 남은 마법사를 이끌게 된 로잘린 마법사가 물었다.

　"그렇다는군. 저습지에 있는 암컷과 새끼 들을 처리할 때도 작은 규모의 토네이도 몇 개를 만들어서 별동대의 움직임을 감추었다는 내용은 경도 듣지 않았던가."

　"그렇긴 한데 너무 이상해요. 그 정도면 상급 정령과 계약을 해도 안 될 텐데……."

　로잘린은 이해가 가질 않았다. 자신도 6서클 경지에 올랐지만 토네이도 마법을 겨우 펼칠 정도이지 방향을 정밀하게 유도하지는 못한다.

　게다가 정령사에 대해서 잘 아는 것은 아니지만 상급 정령과 계약을 한 정령사가 역사적으로도 굉장히 희소한 존재라는 사실 정도는 상식이다.

　정령족이라고 불리는 순혈 엘프라면 모르겠지만 인간의

몸으로 그 정도의 친화력을 가진 존재는 거의 없었다.

그런데 온 클랜에는 그런 존재가 한둘이 아니니 이해가 가지 않을 수밖에 없었다.

"어쨌거나 우리로서는 큰 도움을 받게 된 것이네. 진이 완성될 때까지 적어도 5천 이상은 죽거나 다칠 거라고 예상하지 않았던가. 토네이도의 도움을 받는다면 진을 펼치는 것이 아니라 놈들의 숙영지를 포위할 수도 있네."

"다른 던전에서도 클리어에 꼭 필요한 임무를 수행했다는 말은 들었지만 규모가 작아서 내심 의심했는데 정말 감탄할 수밖에 없군요."

"맞습니다. 저런 전력을 가진 유랑 검술관을 우리 왕국이 잡아야 할 텐데, 바깥에서는 알고나 있는지 모르겠습니다."

"저런 강자들이 본국에 한동안 머무른다면 위험한 던전들은 물론 마수와 몬스터 토벌에도 큰 도움이 될 겁니다. 각하께서 왕실에 이런 내용을 제대로 알려 주십시오."

처음에는 온 클랜에 대해서 말은 안 했지만 강하게 불신했던 토벌군 수뇌부의 분위기는 어느새 확 바뀌어 있었다.

꿰이이잉!

토벌군과 블랙 켄타우로스 진영 사이의 거리는 대략 5킬로미터에 달했지만 나무는 물론 높은 언덕도 없어서 육안으로 서로의 움직임을 훤히 볼 수 있었다.

그런데 오늘은 이상하게 강한 소용돌이, 즉 토네이도가 그 사이의 공간에서 생성되었다.

처음에는 폭이 좁았지만 급격하게 확장된 토네이도는 토벌군이 있는 쪽에서 블랙 켄타우로스 쪽으로 이동하기 시작했는데 속도는 시속 10킬로미터 정도로 느렸다.

육안으로 보면 짧은 풀로 가득해서 흙이 거의 보이지 않는 초지지만 토네이도가 불자 지면의 흙이 먼지와 함께 100미터까지 솟아올랐다.

그런 토네이도는 하나가 아니라 무려 세 개나 되었는데 공교롭게도 블랙 켄타우로스들이 머무는 숙영지 쪽을 향하고 있었다.

숙영지 한쪽에 있는 큰 호수는 이미 이쪽을 향해 다가오는 토네이도로 인해서 황토색으로 변할 정도로 자욱한 흙먼지가 내려앉기 시작했다.

간부급이야 작렬하는 햇볕과 밤이슬을 막을 수 있는 임시 거처에 들어가 있지만 일반 전사들은 불어오는 흙먼지를 피할 곳이 없어 그저 네 다리를 꿇고 머리를 바닥에 댄 상태로 참는 수밖에 없었다.

마통기를 통해 사령관의 지시를 들은 토벌군 각 부대장은 거대한 토네이도와 토네이도로 인한 흙먼지 바람이 블랙 켄타우로스 쪽으로 부는 것을 보며 새삼 온 클랜의 놀라운 저력에 감탄했다.

하지만 감탄만 하고 있을 때가 아니었다.

"최대한 소리를 내지 말고 빠르게 움직여!"

토벌군의 양 날개에 해당하는 부대는 아직 불고 있는 흙먼지 바람에도 불구하고 천으로 코를 가린 채 빠르게 움직였다.

과연 본격적으로 움직이기 시작했음에도 불구하고 흙먼지 바람에 휩싸인 상대는 이쪽의 움직임을 감지하지 못했는지 아무런 대응도 하지 못했다.

흙먼지 바람을 따라서 천천히 전진하던 토벌군 수뇌부의 분위기는 무척이나 밝았다.

그건 각 부대를 이끄는 고위급 귀족과 장군 들도 마찬가지였다.

"진형이 갖춰질 때까지 최대 2할의 피해를 예상했는데 온 클랜의 정령사들 덕분에 아무런 피해도 입지 않고 예정된 위치까지 갈 수 있겠어!"

부대를 이끄는 장의 입장에서는 눈앞에 가온이나 온 클랜원들이 있다면 업어 주고 싶을 정도로 고마웠다.

'이 정도면 되겠다.'

카오스에게 그만해도 좋다는 의념을 보낸 가온은 서둘러

대원들이 있는 곳으로 날아갔다.

카오스가 만들어 낸 토네이도는 그냥 놔두면 관성대로 블랙 켄타우로스 쪽으로 이동하면서 천천히 사그라들 것이다.

그래도 토벌군이 그렸던 학익진이나 포위망을 완성하는 데는 문제가 없을 것이다.

토네이도가 만들어 낸 흙먼지가 블랙 켄타우로스의 눈과 귀를 가릴 테니 말이다.

날아가다 보니 긴 흙먼지가 피어올라 확인해 보니 블랙 켄타우로스 킹이 보낸 지원 부대가 저습지 쪽을 향해서 질주하는 모습이 보였다.

숫자는 대략 2천 마리 정도였지만 지휘관에 해당하는 놈들이 보통의 경우보다 더 많았다.

'아직 좀 여유는 있네.'

블랙 켄타우로스의 달리는 속력은 생각보다 그리 빠르지 않았다.

토벌군 얘기를 들어 보면 놈들의 속력이 대강 시속 100킬로미터 정도라고 추정할 수 있었는데 그건 전력 질주일 경우다.

만약 그 속력으로 내내 달린다면 암컷과 새끼 들이 공격을 받고 있는 곳까지는 10여 분 정도면 도착할 수 있지만, 내내 그렇게 달릴 수는 없었다.

놈들의 능력이 전투마의 두 배 정도라고 생각한다면 전력 질주로는 최대 10분이 한계다. 그 이후에는 꽤 오래 쉬어야만 했다.

그럼에도 불구하고 단거리의 경우 속력이 워낙 빨라서 인간 토벌군에게는 횡액이나 다름없었지만 40킬로미터의 거리를 계속해서 달릴 수는 없었다.

어쨌든 현재 놈들은 전력 질주, 즉 습보가 아니라 일반적인 달리기, 즉 구보로 이동하는 것이다.

대략 10분 정도 여유가 있었다.

가온은 놈들의 이동 경로를 앞질러 날아가면서 혹시 작전을 펼치기에 괜찮은 지형이 있는지 살폈다.

그런 곳이 없으면 어쩔 수 없이 해자를 이용해서 놈들의 접근을 최대한 지연시키는 작전을 써야 한다.

그런데 일이 되려는지 그런 장소가 눈에 들어왔다.

저습지로 내려가는 완만한 경사지 중에서 협곡처럼 보이는 지형이 보였다.

더 아래로 내려가서 확인을 해 보니 협곡이라는 단어가 민망할 정도였지만, 폭이 40여 미터에 양쪽 벽의 높이가 20여 미터인 구간이 300여 미터 길이까지 이어지는 협곡 지형은 맞았다.

'이곳을 제대로 활용하려면 주위 지형을 이곳으로 올 수밖에 없도록 만드는 것이 먼저겠네.'

마침 블랙 켄타우로스 지원대가 달려오는 방향에서 크게

어긋나지 않았다.

가온은 바로 카오스를 소환해서 협곡 입구부터 제법 먼 거리까지 넓은 지역에 걸쳐서 말이 달리기 곤란하도록 곳곳에 수많은 구덩이를 만들도록 했다.

물론 대원들에게 연락을 하는 것도 잊지 않았다.

별동대 수뇌부와 온 클랜은 저습지 경계에 있는 해자 가까이의 작은 관목 숲에 도착해 있는 상태였다.

가온은 별동대 수뇌부에 자신의 정찰한 내용과 함께 매복 작전을 펼치겠다고 알렸다.

"일단 그곳부터 확인합시다."

이번 저습지 공략으로 큰 공적을 세운 시르딘 백작이 가온의 말에 가장 먼저 화답했다.

가온은 바로 별동대 수뇌부를 이끌고 작은 협곡을 이룬 경사지 쪽으로 이동했다.

"호오! 규모가 작긴 하지만 협곡 지형이라니 매복을 했다가 기습을 하면 좋은 결과가 나올 것 같긴 하구려! 공작 각하께서도 명을 내렸으니 함께 좋은 결과를 만들어 봅시다!"

링거는 협곡을 보더니 자신감 가득한 얼굴로 말했다.

"그런데 놈들이 이쪽으로 오느냐가 관건이네요."

"그렇게 만들면 됩니다."

가온의 말에 마리네 대사제의 우려에 실망했던 별동대 수뇌부의 얼굴이 다시 밝아졌다.

"혹시 토네이도를?"

"그렇습니다."

마리네는 그냥 한 말이지만 가온은 굳이 카오스를 고생시 킬 필요가 없다는 사실을 깨달았다.

"지금 바로 해자를 건너가서 협곡 양쪽에 몸을 숨길 구덩이를 파야 합니다."

별동대원들은 삽은 없지만 끝부분이 뾰족한 전신 방패를 가지고 있었고 경사지는 풀이 거의 없는 건조한 땅이라 구덩이를 파는 건 문제가 없었다.

"우리가 돕겠네."

"신성 마법은 아니지만 디그 마법 정도는 우리도 사용할 수 있으니 함께 도울게요."

시간이 촉박했는데 다행히 마법사와 사제 들이 적극적으로 나서 주는 바람에 별동대원들이 잠시 몸을 숨길 수 있는 구덩이를 팔 수 있었다.

가온은 그사이에 정령사들과 함께 움직이면서 협곡 쪽을 제외한 양쪽의 넓은 지역에 토네이도가 불도록 만들었다. 물론 카오스가 주력이다.

마침내 블랙 켄타우로스 지원대가 협곡 안으로 진입했다.

그런데 공격을 하기에는 속도가 너무 빠르다. 내리막이기도 했지만 마음이 급했는지 서두르는 것이다.

'카오스!'

－알았어!

굳이 내용까지 설명하지 않아도 연결된 심령을 통해서 가온의 생각을 파악한 카오스가 저습지 쪽에 토네이도 한 줄기를 생성해서 협곡 쪽으로 빠르게 이동시켰다.

저습지와 연결되는 경사지는 풀이 거의 없는 황무지에 속했기 때문에 토네이도는 무서운 기세로 흙과 돌을 빨아올렸고 블랙 켄타우로스 지원대는 금방 흙먼지에 휩싸였다.

그런 상태에서 속도를 낼 수는 없었다. 앞이 잘 보이지 않으니 기껏해야 가장 느린 평보로 걷는 것이 전부였다.

선두가 속도를 확 줄이자 자연스럽게 블랙 켄타우로스들의 간격이 몸이 닿을 정도로 좁아졌다.

게다가 불어오는 자욱한 흙먼지 바람 때문에 호흡이 곤란해 한 손으로 코와 입을 막아야 하니 순간적으로 감각을 상실한 상태가 되었다.

그때 구덩이 안에 몸을 구겨 넣고 있었던 별동대가 자리에서 일어났다. 흙먼지로 인해 흐릿했지만 목표를 확인하고 재빨리 화살을 쏘기 시작했다.

사실 흙먼지로 인해서 잘 보이지는 않지만 화살이나 볼트가 빗나갈 걱정은 하지 않아도 되었다. 그만큼 놈들은 밀집된 상태였다.

"컥!"

"히이힝!"

자욱한 흙먼지 바람 속에서 비명이 속출했다.

"뭐야?"

"습격이다!"

지원대 수뇌부는 걸음을 멈추고 상황을 어떻게든 살펴보려고 했지만, 바로 앞도 보이지 않을 정도로 자욱한 흙먼지로 인해 불가능했다.

그런 상황에서 화살과 볼트는 연신 날아가서 블랙 켄타우로스 전사들을 꿰뚫고 있었다.

차라리 즉사를 했으면 다행일 텐데 팔다리나 몸통에 화살과 볼트를 맞은 경우 비명을 지르는 것밖에 할 수 없었다.

그래도 화살이나 볼트에 맞을 경우 즉사 확률은 낮았지만 마법 공격은 달랐다.

파이어볼에 맞은 블랙 켄타우로스들은 몸에 불이 붙어 발광을 했고, 홀리스피어에 맞은 놈들은 몸의 고통은 물론 머리가 부서지는 것 같은 강렬한 두통까지 느꼈다.

삽시간에 협곡 안은 블랙 켄타우로스 특유의 높고 날카로운 비명과 신음으로 가득 차 버렸다.

선두와 후미는 겁에 질려 흙먼지 바람에도 불구하고 도망을 쳤지만 중간에 있는 지원대는 어디로 도망치지도 못하고 속절없이 화살과 볼트 세례를 받아야만 했다.

물론 그 와중에도 협곡 위의 별동대원들을 향해 화살을 쏘는 놈들도 있어 쓰러지는 별동대원들도 나왔다.

　하지만 치명상을 입지 않은 이상 사제들이 있기에 죽음에 이르는 경우는 많지 않았다.

　마침내 토네이도가 지나간 후에 드러난 협곡 안의 모습을 처참했다.

　2천에 달하던 블랙 켄타우로스 중 7할 이상이 죽거나 중경상을 입은 것이다.

　하지만 상황은 아직도 끝나지 않았다.

　"거창! 던져!"

　별동대원들은 개인당 다섯 자루의 창을 소지하고 있었다. 물론 블랙 켄타우로스들이 쓰던 창으로 가온의 조언을 따른 수뇌부의 명령으로 챙긴 것이다.

　비록 마나는 사용할 수 없지만 전투 경험이 풍부하고 평소에 창을 사용해 본 정예병으로 구성된 별동대는 아직 움직이는 적을 향해 창을 던졌다.

　아래쪽, 그것도 30미터 안에 있는 몸집이 큰 적이 목표다. 제대로 움직이지 못하니 빗나가는 창은 거의 없었다.

　개중에 백마장이나 오십마장은 화살이나 볼트가 꽂힌 몸으로 날아오는 창을 쳐 내기도 했지만 곧 투창이 집중되자 견디지 못하고 온몸에 창이 꽂혀 죽고 말았다.

　그렇게 지원대 중 1,500여 마리가 작은 협곡 안에서 제대로 싸워 보지도 못하고 죽어 버렸다.

　가온은 마지막 확인 사살을 하는 이들과 함께 움직이며 파워 드레인 스킬을 펼치는 한편 앙헬로 하여금 창과 화살을 적당히 챙기게 해서 자신의 것을 끝까지 챙겼다.

　그렇게 큰 단시간에 큰 전공을 세운 별동대는 이번에도 마정석을 적출할 여유도 없이 바로 블랙 켄타우로스 본대를 향해 출발했다.

　물론 가온은 앙헬로 하여금 전리품을 챙기도록 한 후 투명 날개를 이용해서 먼저 날아갔다.

　'학익진이 아니라 완전히 포위했네.'

　토네이도 덕분에 포위망을 완성한 토벌군 측이 적의 숙영지 전체를 감싸는 거대한 신성 결계를 완성했다.

　언데드나 흑마법사에게 가장 효과적인 신성 결계였지만 정제되지 않은 마나를 사용하는 마수나 몬스터에도 강력한 디버프 효과가 있었다.

　이제까지는 상대의 뛰어난 기동력으로 인해서 제대로 된 위력의 신성 마법을 사용할 기회가 거의 없었지만 이번에는 달랐다.

　그 상태에서 마법사들이 먼저 준비한 마법 공격을 날렸다.

　"윈드커터!"

　"어스 퀘이크!"

　"에어 밤!"

"익스플로전!"

"선더볼트!"

"일렉트릭 쇼크!"

마탑 연합인 만큼 다채로운 공격 마법이었다.

신성 결계로 인해서 순간적으로 약화된 몸 상태에 당황하고 있던 블랙 켄타우로스들로서는 기절할 공격이었다.

마치 누가 조종이라도 하는 것처럼 숙영지를 강타했던 토네이도들로 인해서 대부분 두꺼운 흙먼지를 덮어쓰고 있어 아무런 방비도 하지 못했던 블랙 켄타우로스 진영은 마법 공격에 큰 혼란이 일어났다.

숙영지를 날아다니는 바람 칼을 겨우 피했다 싶으면 전격에 감전되어 몸이 마비되거나 폭발로 인해 죽는 블랙 켄타우로스들이 속출했다.

하지만 마법 공격이 끝이 아니었다.

호수를 제외한 삼면의 언덕 위에서 화살과 볼트가 날아오기 시작했다.

푹! 푹! 퍽! 퍽!

진흙 건물로 피한 놈들은 그래도 괜찮았지만 그런 건물은 몇 동밖에 없어 대부분의 블랙 켄타우로스는 그대로 화살과 볼트의 목표가 되어 버렸다.

어느새 인간은 블랙 켄타우로스 숙영지 가장자리인 언덕을 장악했기 때문에 화살과 볼트의 위력이 강력해졌다.

블랙 켄타우로스들은 죽은 동료의 몸을 머리 위에 들어 올리거나 화살이나 볼트를 피할 수 있는 곳에 몸을 숨겼다.

그렇게 끝이 없을 것 같은 화살과 볼트 세례가 마침내 멈추었다.

화살과 볼트가 떨어진 것이 아니라 투사체로는 더 이상 전과를 확대하기 힘들다는 토벌군 수뇌부의 판단이었다.

삽시간에 6천여 마리 중 절반 정도가 죽거나 부상을 당했다.

토벌군 수뇌부는 승기를 잡았다고 생각하고 포위망을 더욱 좁혔다.

토벌군 최고의 전력인 소드마스터 열한 명은 대열의 중간중간에 자리를 잡고 백마장 이상의 블랙 켄타우로스를 상대할 준비를 했다.

하지만 블랙 켄타우로스는 그렇게 만만한 상대가 아니었다. 곧 반전이 시작되었다.

"저런!"

고공에서 전투를 지켜보던 가온이 순간 날갯짓을 깜빡할 정도로 깜짝 놀랄 상황이 벌어졌다.

"크라라랏!"

가온이 떠 있는 고공에까지 음파가 전달될 정도로 강력한 피어가 계속해서 울려 퍼졌다.

"크아악!"

"커억!"

포위망을 구성하고 있던 토벌군 일부가 피를 토하고 뒤로 넘어갔다.

"귀를 막아!"

누군가의 고함에 토벌군 대다수는 방패며 무기를 놓고 귀를 막았다.

그럼에도 불구하고 머리가 어지럽고 속은 메스꺼웠으며 제대로 서 있을 수가 없어 비틀거렸다.

증세는 그것만이 아니었다. 얼음물에 들어간 것처럼 온몸이 벌벌 떨렸다. 초저주파 피어에 충격을 받은 근육이 이완과 수축을 반복하는 것이다.

하지만 피어의 효과는 킹의 동족인 블랙 켄타우로스에게는 미치지 않았다.

킹의 피어에 주위를 포위한 수만 명의 인간들이 겁을 집어먹은 것으로 보이자 이제까지 몸을 숨기기에만 급급했던 전사들의 기세는 금세 활활 타올랐다.

놈들은 곧 대궁 시위에 화살을 걸었다.

'위험해!'

포위망의 전열에 위치한 토벌군이 가장 위험했다. 마나는 사용할 수 있지만 경지가 가장 낮아서 방패수 겸 궁수 역할을 맡아 전열에 섰던 것이다.

그런데 블랙 켄타우로스 킹의 가공할 피어에 고막이 상해 몸의 균형감각을 순간적으로 상실한 것은 물론 약한 내상을 입었기 때문에 적의 화살 공격을 막아 낼 능력이 없었다.

마법사들 역시 주문을 외우다가 집중이 깨져 마법이 해제되거나 일부는 마력 역류로 인해서 피를 게워 내고 있었다.

거대한 신성 결계를 유지하고 있는 사제들 중에도 앉은 상태로 귀에서 피를 흘리며 앞으로 엎어지는 이들이 늘어나고 있었다.

이번에는 정말 지켜보기만 할 생각이었는데 그냥 있을 수가 없는 위험한 상황이다.

가온은 급한 대로 카오스를 소환해서 블랙 켄타우로스 숙영지를 중심으로 땅을 흔들도록 했다.

쿠르르릉!

카오스의 대지 속성 능력이 비록 상급 정령 이상이라고 해도 좁은 지역이라면 몰라도 넓은 지역이 대상이라 지진의 수준은 낮았다.

다리가 둘인 인간이라면 넘어지거나 심하게 비틀거렸을 텐데 블랙 켄타우로스는 다리가 넷이라서 그런지 대부분 균형을 잡았다.

그래도 소기의 목적은 달성했다. 시위에 걸려 있던 화살 대부분은 날아가지 못한 것이다.

가온이 준비한 수는 그게 전부가 아니었다.

블랙 켄타우로스 숙영지 바로 위에 해당하는 위치로 날아 간 가온은 체공한 상태로 아공간에서 아주 오래전에 사용했 던 거대한 바위들을 꺼냈다.

'앙헬, 네가 바위를 조종해!'

-네, 주인님.

마른 오크 피로 인해 붉게 변한 바위들은 간신히 균형을 잡고 있던 블랙 켄타우로스들의 머리 위로 떨어졌다.

꽝! 꽝! 꽝! 꽝!

마법 공격과 투사체 공격을 그나마 막아 줄 수 있는 건물 을 중심으로 모여 있던 블랙 켄타우로스들은 아무런 비명도 지르지 못했다.

뭔가 위험하다 싶은 육감에 주위를 살피다가 마침내 눈이 머리 위로 향했을 때 커다란 바위가 보였고, 바위를 본 순간 강력한 충격에 사고 능력과 감각을 상실한 것이다.

개중에는 하늘에서 비 오듯 떨어지는 거대한 바위를 인지 한 놈들도 있었지만, 피하는 경우는 별로 없었다. 근처에 다 른 동족들이 몰려 있었기 때문이다.

어느새 킹의 피어도 그쳐 있었다. 가온이 가장 먼저 던진 바위의 목표가 바로 킹이었다.

꽝!

킹은 거대한 흰 창으로 떨어지는 바위를 찔러 산산조각 냈 지만 더 이상 피어를 유지할 여유는 없었다.

자신을 향해 떨어지는 바위 하나를 부수어 버린 킹이지만 다른 행동을 할 여유는 없었다. 계속해서 놈을 향해 떨어져 내리는 거대한 바위들이 있었기 때문이다.

　연달아 머리 위로 떨어지는 바위의 속도가 얼마나 빠른지 피할 수도 없었다. 부수는 방법밖에는 없었다.

　킹은 얼굴을 일그러뜨리며 하늘을 향해 들고 있는 창 촉에 압축된 빛의 구슬을 만들어 떨어지는 바위를 향해 쏘았다.

　생각지도 못했던 블랙 켄타우로스 킹의 피어로 인해 정신이 나갔던 토벌군은 피어가 그치자 겨우 정신을 차렸다.

　"모두 정신 차려!"

　더 이상 투사체 공격으로는 전과를 확대하기가 어렵다고 판단한 토벌군 사령관 헤트랑 공작은 목소리에 마나를 담아 외쳤다.

　"돌격!"

　하나같이 방패를 한 손에 든 토벌군이 언덕을 달려 내려갔다.

　하늘에서 떨어지는 바위 공격이 킹에게 집중되자 공황 상태에 빠졌던 블랙 켄타우로스 전사들도 정신을 차렸다.

　그런 그들에게 자신들을 향해 달려오는 인간들이 보였다.

　이제 마지막이다. 양측 모두 그런 생각을 하며 상대를 향해 달려갔다.

결과적으로 토벌은 성공했다.

이미 피어를 내지르고 자신만 집요하게 노리고 떨어지는 바위를 부수느라고 연신 창환을 발현했던 킹은 지친 상태에서 오트 왕국이 자랑하는 소드마스터 열한 명의 합공을 받고 죽었다.

그 과정에서 소드마스터 둘이 죽고 셋이 중상을 입었다.

만약 가온이 놈의 힘을 빼놓지 않았다면 소드마스터는 모두 죽었을 것이다.

그렇게 소드마스터들이 킹을 상대하는 동안 전장 가까이 하강한 가온은 저속비행을 하면서 토벌군에게 위험한 블랙 켄타우로스 간부들을 마나탄으로 처리했다.

비록 공식적인 요청은 없었지만 그래야만 마음이 편안할 것 같았다.

그러던 중 킹만큼이나 강력한 개체를 발견했다. 혼전의 와중에서 검기 완숙자 이십여 명을 죽이거나 중상을 입힌 놈이었다.

적어도 소드마스터 상급은 되어 보이는 강력한 전투력을 가진 놈이지만, 주위의 움직임에만 신경 쓰던 놈은 머리 위에서 날아오는 마나탄은 미처 피하지 못했다.

한쪽 어깨가 날아간 놈은 한 팔만으로도 위력적인 공격이 가능했지만 하늘에서 쉴 없이 날아오는 창 세례를 막아 내지도 도망치지도 못했다.

결국 놈은 몸에 수십 자루의 창이 박혀 죽었고 그 시점부터 토벌군의 사기가 폭발적으로 올라갔다.

하늘을 날면서 창이나 마법 투사체로 백마장과 오십마장 같은 강적들을 죽이거나 위험에 빠진 동료를 구해 주는 가온의 모습을 본 토벌군은 용기백배했다.

퇴로가 막힌 블랙 켄타우로스들은 마지막까지 힘을 쥐어 짰지만 기동력을 살릴 수 없는 환경에서 숫자가 다섯 배에 가까운 인간들을 감당할 수는 없었다.

킹은 그런 상태에서도 30분 가까이 소드마스터들을 상대했지만, 결국 모든 힘을 소진하고 난도질당하는 것으로 최후를 마쳤다.

놈이 거처했던 건물의 중앙 제단에 놓여 있던 차원석은 헤트랑 공작이 직접 깨뜨렸다.

결국 마지막 전투가 시작되고 두 시간이 지나자 모두의 머릿속에는 '루' 여신의 것으로 추정되는 의지가 전해졌다. 던전 클리어를 알리는 의지였다.

"우와아아! 이겼다!"

"드디어 던전을 클리어했어!"

토벌군은 한동안 미친 듯이 환호하고 기뻐했지만 시간이 좀 지나자 분위기가 무거워졌다.

5만 명이 던전에 들어와서 총 1만 명이 넘는 사망자가 발생했다. 그중 마나 사용자는 4천 명이 넘었다.

그래도 던전은 결국 클리어했다. 이제 보름 이내에 던전을 벗어나기만 하면 된다. 그러면 던전 클리어에 따른 보상을 수령할 수 있을 것이다.

가온은 동료들과 함께 저습지로 내려가는 협곡 입구와 멀리 떨어지지 않은 곳에 안전텐트를 치고 쉬기로 했다.

별동대는 완성된 대형 텔레포트 마법진을 이용해서 본진이 있는 곳으로 이동한 상태였다.

비록 던전을 클리어했지만 상당히 큰 피해를 입은 토벌군과 같이 움직이는 건 좀 불편했다.

대원들은 가온의 그런 마음은 몰랐지만 바로 던전을 나가지 않고 쉬는 것은 찬성했다. 그동안 제대로 쉬지도 못하고 의뢰를 수행하느라 심신이 꽤 지친 상태였다.

던전이 바로 소멸되는 것도 아니니 굳이 서두를 이유가 없었다. 하루 정도는 푹 쉬고 나가는 것이 오히려 더 나았다.

"이번에도 꽤 좋은 보상을 받을 수 있겠죠?"

매디가 눈을 빛내며 로에니에게 말했다. 끝 음을 올렸지만 묻는 것이 아니었다.

"왜 아니겠어. 우리 인원으로는 거의 불가능한 일이었잖아."

로에니의 말에 흐뭇한 얼굴이 된 대원들이 고개를 끄덕였다.

사실 다들 고생이 많았다. 크고 중요한 일은 가온이 맡았지만 대원들 역시 최선을 다했던 것이다.

"그래도 큰 기대는 하지 마."

나크 훈이 입을 열었다.

"로에니의 말대로 놀라운 일을 해냈지만 대가를 받고 의뢰를 수행한 것이라 업적 산정에서는 좀 불리할 테니까."

"맞아. 의뢰가 아니었으면 정말 엄청난 보상을 받았을 텐데."

그 생각을 하면 아쉬울 수밖에 없었다.

"그건 욕심이라고. 의뢰가 아니었으면 우리가 점보 던전의 전 층을 모두 들어올 수 있기나 했겠어?"

"그건 맞아요. 어쨌거나 이번에 받을 보상이 지난번과 비슷한 내용이고 그동안 받은 보상을 모두 합한다면 개인이 받을 수 있는 거의 최고 수준의 보상이지 않을까요."

마지막으로 나디아가 한 말에 대원들은 아쉬움을 털어 버렸다.

이번에도 의뢰 성공에 따른 보너스를 받는다면 현금으로만 5만 골드 이상을 수령하는 것이고 던전 클리어에 따른 보상은 별도이니 몸은 힘들었지만 무척 뿌듯했다.

그런데 거기에 가온이 기대감에 불을 붙였다.

"더 큰 보상을 기대해도 될 거야."

"네? 그게 무슨 말이에요, 대장님?"

나디아가 이해가 안 된다는 얼굴로 물었다.

"껄! 껄! 대장이 이번에는 보너스를 더 챙겨 줄 생각이군!"

따로 챙겨 두었던 와인 병을 꺼내 한 모금 마신 반이 그렇게 말했다.

"아!"

"아니, 그런 의미가 아니야."

반의 말에 납득하려던 대원들의 눈이 다시 가온에게 쏠렸다.

"이 천공 던전을 마지막으로 점보 던전이 완전히 클리어되었잖아. 우리 온 클랜은 다른 왕국의 토벌군과 달리 모든 던전을 클리어하는 데 상당한 업적을 세웠고. 당연히 통합 보상이 있을 거야."

"오오! 맞아요!"

다들 생각해 보니 가온의 말이 맞았다. 점보던전의 한 층을 클리어하는 데 일정한 업적을 세운 다른 사람들과 달리 자신들은 모든 층에서 업적을 세웠다.

"아! 그래서 대장님이 무리해서 이 던전과 관련된 의뢰를 받아들인 거구나!"

대원들은 이제야 가온이 무리하게 의뢰를 맡은 이유를 짐작하고 탄성과 함께 그에게 경의의 눈빛을 보냈다.

"흐흐흐! 통합 보상이 너무 궁금하네!"

"명예 포인트로 한 1만 정도만 받았으면 좋겠다!"

"나도!"

추가 보상은 당연히 있을 것이다. 이제까지 그래 왔듯 공정하고 공평한 신의 행사를 생각하면 말이다.

"으흐흐흐!"

"으하하하!"

"호호호!"

보상을 기대하던 패터가 희한한 웃음을 터트리자 다른 사람들도 마음껏 웃었다.

"오늘은 마음껏 먹고 마시며 그동안 잘 싸운 우리 스스로를 축하하자고!"

가온이 아공간에서 맥주통과 와인통을 꺼내자 대원들의 얼굴이 그 어느 때보다 환해졌다.

토레토로

　다음 날 아침, 온 클랜은 녹스의 공간 이동 능력과 텔레포트 마도구를 이용해서 던전을 빠져나왔다.

　게이트를 빠져나온 직후 온 클랜원들은 너 나 할 것 없이 멍한 얼굴이 되어 버렸다.

　"미, 미쳤다!"

　가온의 말대로 천공 던전의 클리어 보상에 더해 추가 보상까지 받았는데. 상상 이상이었다.

　"특성을 개화했다는 게 뭐지?"

　"끼아악! 포인트가 2, 2만이 넘어!"

　"우와아악! 마나가 3할이 증가했대!"

　"내가 가진 스킬을 일괄적으로 진화를 시킬 수 있다고?"

"레벨이 27, 27이나 올랐어."

믿어지지가 않아서 보상의 내용을 입 밖으로 낸 대원들도 있었고 입은 벌어져 있었지만 아무 말도, 소리도 내지 못하는 대원들도 있었다.

물론 가온도 엄청 놀란 상태였다.

'1도 올리기 쉽지 않은 레벨이 이제 500이 넘었네.'

정확하게는 501이다. 레벨만으로도 왕실이나 황실의 근위 기사단 단장이 될 수 있는 특급 기사가 된 것이다.

물론 가온에게 레벨은 큰 의미가 없었다. 이미 상급 소드 마스터의 경지에 오른 것이다.

스텟에도 큰 변화가 있었다.

'근민체는 물론이고 감각까지 1천을 넘겼어.'

그야말로 초인이라고 할 수 있는 수치였다. 거기에 벼리가 마법 연구를 지속해서 해 온 덕분인지 지력과 집중력도 이제 800을 넘겼다.

그래도 스텟의 증가분은 에너지의 그것에 못 미쳤다.

마나는 무려 20만에 육박했고 마력도 6만을 넘겼다. 특히 정령력은 거의 두 배 가까이 증가해서 7만을 앞두고 있었다.

속성력도 대부분 70%를 넘겼고 내성도 소폭 증가했다.

더 놀라운 변화는 명예 포인트였다.

'이번 던전에서 200만을 획득했는데 통합 보상으로 1천만 포인트를 더 받았어!'

명예 포인트가 무려 1,600만을 넘겼다. 그동안 사냥한 마수나 몬스터를 갓상점을 통해 거의 처리하지 않았음에도 말이다.

그렇게 상태창을 확인하며 더없이 뿌듯함을 느꼈던 가온은 뒤늦게 전해진 안내음에 잠시 멍해졌다.

'A급 이상의 스킬을 한 단계 진화시킬 수 있는 스킬 진화권 세 장을 준다고?'

이게 무슨 소리인가?

분명히 들었지만 너무 파격적인 보상에 잠시 멍했다가 이내 정신을 차리고 스킬창을 열었다.

이번 의뢰에서 가온은 특별한 스킬을 자주 사용하지 않았다. 그래서 딱히 레벨이 오른 스킬은 없었다.

'이런 건 빨리 써야 해.'

A급 이상이 대상이니 자주 사용하고 효과나 위력이 뛰어난 스킬을 선택해야만 한다.

'하지만 굳이 A급을 진화시킬 필요는 없지.'

SS급도 있지만 숙련도가 너무 낮기 때문에 S급을 대상으로 삼는 것이 최상이다.

가온은 잠깐의 고민 끝에 오행신공과 파워 드레인 그리고 마나탄을 SS급으로 진화시켰다.

철월검술이 좀 걸렸지만 지금 경지가 S급이라 부족하지 않거니와 아직 완전히 체화시키지도 못한 상태였다.

가온은 당장 진화한 스킬의 효과를 확인하고 싶었지만 그럴 수는 없었다. 이런 순간에는 만나고 싶지 않은 손님들이 찾아왔다.

"온 대장!"

헤트랑 공작이 손녀인 헤롯은 물론이고 링거 마법사와 제린 대사제를 대동하고 달려오고 있었다.

"아직 귀환하지 않으셨습니까?"

토벌군 수뇌부의 경우 어제 클리어한 직후 던전을 벗어났을 거라고 생각했었다.

"보고서 등 처리할 것이 많아서 새벽에야 겨우 나왔답니다. 기지에서 잠시 쉬고 있었어요."

함께 고생을 한 사이라고 제린 대사제가 친근하게 대답했다.

"하하하. 실은 잔금도 지급해야 하고 개인적으로 약속한 보상도 주어야 하기에 기다리고 있었네."

그러고 보니 받을 보상이 더 있었다.

"왕실에서도 기뻤는지 어제 바로 재무대신을 보냈더군."

그 말이 끝나기 무섭게 공작의 뒤편에 서 있던 마른 체구의 노인 한 명이 앞으로 나왔다.

"온 클랜 덕분에 던전을 클리어했다고 들었소. 오트 왕국의 재무대신, 아카트 라인더크라고 하오."

"온 훈입니다. 뵙게 되어 반갑습니다."

가온은 정신이 없는 상황에서도 정중하게 인사를 했다.

"정말 큰일을 해 주었소."

"온 클랜이 아니었다면 클리어는 요원했을 걸세."

재무대신의 치사에 헤트랑 공작이 끼어들었다.

"아무튼 이 상황에서 본국이 온 클랜에 해 줄 수 있는 건 빨리 잔금을 지급하는 것이라고 국왕 전하께서 날 보냈소."

"감사합니다."

아카트는 시간을 끌지 않고 바로 아공간 주머니 두 개를 꺼내 가온에게 주었다.

하나는 잔금 200만 골드가 들어 있었고 나머지 하나에는 목걸이가 하나 들어 있었다.

"이건 어떤 유물입니까?"

목걸이의 펜던트는 물론 굵은 줄에서도 은은하게 신성력이 방출되고 있었는데 쥐고 있는 것만으로도 심신이 안정되는 것 같았다.

"본 신전에서 준비한 루의 눈물이라는 고대 유물이에요."

아카트 대신 제린 대사제가 대답했다.

"이름으로 보아 대단한 유물 같군요."

"맞아요. 차고 있는 것만으로 모든 상태 이상을 8할 이상 줄여 주고 하루에 다섯 번 신성력을 세 배까지 증폭시켜 주는 효과가 있어요. 물론 착용자의 신성력을 꾸준히 증가시켜 주는 효과도 있고요."

이 정도면 사제에게는 그야말로 보물이나 다름없었다.

"이런 귀한 물건을 받아도 될지 모르겠네요."

"받을 자격은 차고 넘쳐요. 온 클랜이 아니었다면 우리는 마지막 전투에서 설령 승리했더라도 엄청난 피해를 입었을 거예요."

제린 대사제의 말에 헤트랑 공작이나 링거를 포함한 토벌군 수뇌부는 격하게 고개를 끄덕였다.

"아무튼 대금은 잘 받았습니다."

미리 지급받은 윈드샷 건이 이번 의뢰에서 톡톡히 제 역할을 했기에 크게 아쉬움은 없었다.

'이건 매디에게 주어야겠다.'

기도와 마물 퇴치를 통해서 신성력을 빠르게 올릴 수 있는 탄 세상의 사제들과 달리 매디는 레벨을 올려야만 신성력을 올릴 수 있어 큰 도움이 될 것이다.

그렇게 오트 왕국의 공식적인 의뢰는 마무리가 되었다.

하지만 아직 마무리할 일은 남아 있었다.

"이제 내가 약속한 보상을 주어야 하는데⋯⋯."

헤트랑 공작은 잠시 말을 멈추고 왠지 얼굴이 붉어진 손녀를 자애로운 시선을 쳐다보았다.

"자네도 알다시피 그런 보물을 던전까지 가지고 올 수 없었네. 그러니 잠시 시간을 내어 본가로 가지 않겠는가?"

"공작가에 말입니까?"

"그렇다네. 가주만이 열 수 있는 비밀 금고에 들어 있어서 내가 가야만 꺼낼 수 있다네."

이치에 맞는 말이기는 하지만 가온은 왠지 믿음이 가질 않았다.

'따라갔다가는 한동안 잡혀 있어야 해.'

공작은 물론이고 아카트 재무대신의 기대감 가득한 눈빛을 보아하니 아무래도 자신을 쉽게 놔줄 것 같지가 않았다.

'이젠 좀 쉬어야 해!'

천공 던전에 대한 보상은 물론 점보 던전 전체에 대한 보상까지 받은 마당이라서 그런지 공작이 약속한 보상은 크게 다가오지 않았다.

"그렇다면 따로 약속을 잡아서 나중에 처리해야 할 것 같습니다. 사실 시일이 촉박한 약속이 있습니다."

"약속?"

공작은 가온의 이런 반응을 예상하지 못했는지 살짝 인상을 썼다.

"네. 네오릴 마법사께서는 사정을 알고 계시지만 이쪽 의뢰가 급하다고 생각되어 기존에 있었던 약속을 잠시 미룬 상태입니다. 더불어 툴람 왕국의 의뢰에 대한 보상도 수령해야 합니다."

공작도 이미 네오릴 마법사로부터 그에 관한 얘기를 들었는지 좀 아쉬워했지만 더 이상 붙잡지는 않았다.

"음. 그럼 툴람 왕국으로 가는 건가?"

"그렇게 약속을 했습니다."

"투드란으로 가는 건가?"

투드란은 툴람 왕국의 수도다.

"아닙니다. 약속한 곳으로 툴람 측이 의뢰 대금을 포함한 보상을 가지고 오기로 했습니다."

"약속 장소가 어딘데 그러나?"

"토레토라는 곳입니다. 제대로 쉬지 못한 상태로 의뢰는 연속해서 수행하는 바람에 저도 그렇지만 대원들이 많이 지쳐 그곳을 약속 장소로 잡았습니다."

"토레토라……. 들어 본 적이 없는 곳인데. 아카트 경, 혹시 들어 본 적이 있나?"

아카트는 물론이고 주위에 있는 어느 누구도 토레토라는 장소에 대해 알지 못하자 공작은 고개를 갸웃했다.

"그곳이 어딘가?"

"저도 잘 모릅니다. 다만 추드론 시티에 도착해서 연락을 하면 그곳 근처의 도시 좌표를 알려 주겠다고 했습니다."

"혹시 약속 상대가 툴람 왕국의 요인인가?"

공작은 짚이는 것이 있는지 그렇게 물었다.

"그렇습니다."

굳이 비밀로 할 필요는 없었지만 그렇다고 국왕과 1왕녀를 만나기로 했다는 내용까지 밝힐 필요는 없었다.

"음. 어제 나와서 이런저런 소식을 들었는데 정착을 조건으로 몇 나라에서 작위와 영지까지 약속했다고?"

왜 갑자기 이 시점에서 그런 얘기를 꺼내는 건지는 모르겠다.

"작위나 영지에는 별 관심이 없습니다. 스승님께서는 아직 정착할 생각도 없다고 말씀하셨고요."

"흠. 그렇군."

가온의 말에 공작이 왜 안도하는 얼굴이 되는지 모르겠다.

"그럼 혹시 상급 이상의 마수나 몬스터나 그런 놈들이 서식하는 던전에는 관심이 있나?"

그야 당연히 있다. 등급이 높은 사냥감과 수준 높은 던전은 가온은 물론 대원들의 성장에 꼭 필요한 장소였다.

"있습니다."

"그럴 줄 알았네. 그럼 약속 때문에 마음이 급할 텐데 먼저 출발하게. 일이 정리되는 대로 토레토라는 곳으로 찾아가지."

어떻게 찾아오겠다는 것인지는 모르겠지만 공작이 그렇게 말하니 믿을 수밖에 없었다.

"그럼 먼저 가서 기다리고 있겠습니다."

공작이 오래 붙들까 봐 걱정했는데 이렇게 흔쾌히 보내 주니 이상한 생각이 들었지만 일단 움직여야 했다.

'다른 모든 건 토레토에 가서 결정하자.'

그동안 모두 고생했으니 한동안 휴식을 하면서 차원을 건너가는 일이나 던전 공략에 대한 대원들의 의견도 들어 봐야 했다.

추드론 시티에 도착하니 고우트 백작이 기다리고 있었다.

"하하하! 어서들 오시게."

"너무 늦진 않았지요?"

"늦기는. 이렇게 빨리 의뢰를 완수할 줄은 몰랐네."

말은 그렇게 했지만 며칠 사이에 핼쑥해진 얼굴을 보니 온 클랜을 바로 데리고 오지 못했다는 이유로 좀 시달린 모양이다.

"바로 갈까요?"

"그러세. 1왕녀 전하께서 기다리고 계시네."

"그분이요?"

국왕이라면 그럴 수도 있겠다 싶은데 1왕녀가 왜 그곳에 있는지 모르겠다.

"원래 토레토 온천은 왕실 전용 휴양지라네. 이전에 오랫동안 국왕 대리를 했지만, 한동안 손을 놓았다가 국왕 전하께서 던전에 계시는 동안 다시 국정을 살피느라고 심신이 지

치신 거지."

그런 이유라면 납득할 수 있었다.

'이렇게 작은 클랜을 운영하는 것도 골치 아플 때가 있는데 하물며 한 나라를 한동안 다스렸으니…….'

편하게 쉴 생각이었는데 아무래도 좀 불편해질 것 같다.

그래도 온천을 기대하는 대원들이 대부분이라서 감수할 수밖에 없었다.

'설마 그렇게 귀한 분이 우리와 함께하려고 하겠어.'

게다가 지구에 비해서 남녀관계가 자유로운 편이긴 하지만 상대의 신분이 특수한 만큼 불편한 시간은 그리 오래 지속될 것 같지 않았다.

온천이 발달한 지구와 달리 탄 차원에서 온천은 귀족, 그것도 영지를 가진 계승 귀족 정도는 되어야 애용할 수 있는 귀한 시설이었다.

1왕녀와의 만남

텔레포트를 한 곳은 소붐이라는 작은 도시였다. 남작령이라는데 왕실 직할이라 행정관이 파견되어 관리한다고 했다.

온천은 남작성을 벗어나서 20분 정도 걸으면 도착할 수 있는 토레토라는 작은 산의 입구에 있었다.

"규모가 상당히 크네?"

세상에 거의 알려지지 않은 온천이고 툴람 왕국의 왕실에서 관리하는 곳이라 규모가 작으면서 잘 관리가 되었을 거라고 생각했었다.

그런데 설명을 들어 보니 규모가 생각 이상이었다.

'온천만 20개라니 대단하네.'

각 온천마다 사람들이 묵을 숙소가 있고 관리하는 인원과 식사 등을 맡는 인원이 지내는 구역이 따로 있다고 했다.

왕족들이 이용하는 곳이라서 그런지 온천 입구에는 큼직 큼직한 건물들도 대여섯 동이나 되었고 오가는 사람들로 보아 관리하는 인력도 상당히 많았다.

가온 일행은 고우트 백작 일행과 함께 입구에서 대기하고 있던 시녀를 따라 온천탕에서 가장 가까운 건물로 들어갔다.

전과 달리 머리에 티아라를 낀 것을 제외하고는 장신구도 하나 없이 하늘하늘한 흰 드레스를 입고 있는 1왕녀가 여전 히 면사를 쓴 채로 가온 일행을 반갑게 맞이했다.

"1왕녀 전하를 뵙습니다!"

"어서 와요, 여러분. 고생했어요. 여러분 덕분에 마침내 점보 던전을 클리어했다는 소식은 이미 들었어요."

"과찬이십니다. 할 일을 했을 뿐 공략은 오트 토벌군이 마무리를 한 겁니다."

"의뢰만 수행한 것이 아니라 블랙 켄타우로스 킹을 상대할 때도 도왔다고 들었어요."

"그거야……."

겸양하려고 했지만 그럴 이유도 없고 필요도 없었다. 그게 사실이니 말이다.

"아무튼 고생했어요. 사람 출입을 통제할 테니 이곳에서 푹 쉬도록 해요."

안 그래도 영입 제의를 해 올 것으로 예상되는 세력들이 꽤 많았는데 톨람 왕실에서 사람 출입까지 통제해 준다니 다행이다.

'그 대가로 위험한 던전을 공략하거나 고위급 마수나 몬스터의 토벌 몇 건을 맡아 주면 되겠지.'

클랜의 전력이라면 그 정도는 별 무리가 없었다.

"일단 준비한 숙소에서 여장을 풀고 이따 식사 시간에 다시 만나도록 해요"

다행히 1왕녀는 사람을 오래 붙잡지 않았다. 온 클랜을 맞이한 후 바로 물러난 것이다.

"좋은 분 같아."

"톨람에서는 국왕 전하만큼이나 인기가 높다고 하더라고."

안 그래도 계속 누적된 피로로 인해서 심신이 지쳤던 클랜원들은 왕녀에게 호감을 가지게 되었다.

가온 일행이 배정받은 숙소는 통나무집 여섯 채와 온천 한 곳으로 이루어진 독립 구역이었다.

통나무집은 2인용 방이 세 개에 커다란 거실 하나로 이루어진 구조였는데, 관리를 잘했는지 가구도 깨끗했고 위생도 상당히 청결했다.

'이런 건 잘했네.'

독립 구역은 온천을 가운데 두고 통나무집 여섯 채가 둥글게 감싸고 있고, 그 밖에로는 넓은 잎을 가진 나무를 심어서 외부의 시선에서 자유롭게 만들었다.

그리고 독립 구역의 경계에는 다양한 꽃을 심은 작은 길이 조성되어 있어서 산책을 할 수도 있었다.

온천을 그저 몸을 담그는 용도로만 사용해 왔는지 규모가 작다는 것 정도였지만 클랜원이 많지 않아서 공간은 충분했다.

조금 불만인 것은 남탕과 여탕이 분리되어 있지 않아서 옷을 다 벗지 못한다는 점이었다.

그렇다고 묵을 공간이 충분한 상태이니 여자들을 위해서 따로 숙소를 요청하기도 곤란했다.

옷을 갈아입으러 대원들이 배정받은 숙소로 들어갔지만 1왕녀를 따로 만나기로 한 가온은 이 독립 구역을 관리하는 전속 하인과 시녀에게 그 점을 말했는데 그들의 반응이 좀 이상했다.

"그런 부분은 전용 욕의를 입으면 될 텐데요."

"혹시 숙소 입구에 비치해 둔 욕의를 못 보셨어요?"

이런! 툴람 왕국은 욕의를 입고 혼욕을 하는 모양이다.

"아! 우리 일행이 그것을 못 본 모양이군요."

"말씀을 드린다고 드렸는데…….."

"하하하. 온천욕에 기분이 들떠서 흘려들었을 겁니다."

가온은 민망함을 그런 말로 감추고 자신을 기다리고 있을

1왕녀에게 향했다.

'혼욕은 별로인데……'

싫은 것이 아니라 왕성한 젊음 때문이다. 지난번에 앙헬의 도움으로 꿈을 통해서 쌓였던 것을 풀긴 했지만 그동안 욕구가 더욱 강해졌다.

욕의가 어떻게 생겼는지 보지는 못했지만 물에 젖은 여체를 감추긴 힘들 테고 그럼 왕성한 성호르몬이 난감한 반응을 만들 것이 분명했다.

아무래도 사람이 없는 야밤에나 온천욕을 즐겨야만 할 것 같다.

"이걸로 갈아입으라고요?"

1왕녀의 숙소에 도착하니 고우트 백작이 묘한 얼굴로 욕의를 내밀었다.

"온천에 몸을 담근 상태로 편하게 얘기를 나누고 싶다고 하셨네."

"1왕녀님과 단둘이 말입니까?"

"그만큼 중요한 얘기를 하시려는 것이 아닐까 싶소."

고우트 백작의 태도로 보아 이곳 툴람에서는 남녀가 혼욕을 하는 것이 이상한 건 아닌 모양인데 기분이 좀 그랬다.

'실수해서는 안 될 상대인데.'

국왕이 직접 토벌군을 이끈 것이나 크게 격의가 없었던 수뇌부의 언행을 생각하면 툴람 왕국은 다른 왕국과 달리 예의범절 면에서는 자유로운 부분이 있었다.

자신의 아바타와 비교해서 약간 나이는 더 많겠지만 그래도 결혼도 하지 않은 젊은 1왕녀와 단둘이 온천에 몸을 담근 상태로 만나야만 하는 상황이 부담스럽기만 하다.

하지만 거부할 수는 없었다.

'어쩔 수 없지. 혼욕이 일상인 이 나라 사람들은 이런 상황을 크게 개의치 않는 것 같으니.'

1왕녀의 명예에 문제가 될 것 같으면 그녀를 수행해 온 것으로 보이는 행정관이나 기사 들은 물론이고 당장 이 자리에 있는 고우트 백작이 말렸을 것이다.

그러니 욕의로 갈아입고 1왕녀가 기다리는 온천으로 갈 수밖에 없었다.

말이 욕의지 지구로 생각하면 목욕 가운이었다. 그것도 허리띠로 매는 것까지 지구의 그것과 똑같았다.

그래도 다른 건 있었다. 지구의 목욕 가운은 물 밖에 나왔을 때 입는 것이지만 이 목욕 가운은 착용한 상태로 물속에 들어가는 용도였다.

혹시 몰라서 반바지를 입은 상태로 목욕 가운을 착용하고 허리띠까지 맨 가운은 생각보다 노출이 많지 않다는 점을 확인하고 고개를 끄덕였다.

식물성 직물 재질이었지만 두꺼운 편이고 색상도 갈색이라서 물에 젖어도 굴곡이 드러나거나 속살이 비치지 않을 것 같았다.

가온은 다소 편해진 얼굴로 탈의실을 나왔다.

"저기 보이는 소로로 올라가시면 됩니다. 전하께서는 온천에서 기다리고 계십니다."

기다리고 있던 시종이 위로 올라가는 낮은 경사의 오솔길을 가리키며 안내했다.

'같이 가는 거 아닌가?'

주위를 둘러보니 고우트 백작은 물론이고 행정관들이나 기사들도 보이지 않았다.

가온은 좀 이상했지만 일단 시종이 알려 준 대로 오솔길로 향했다.

아무 생각 없이 오솔길을 오르던 가온은 문득 생경한 향기를 맡고 양옆에 있는 나무들을 보았다.

'유칼립투스!'

껍질은 청회색을 띤 흰색이고 잎은 회녹색인 유칼립투스는 지구에서도 대표적인 살균, 방충 식물로 수백 종에 달했다.

'그런데 왜 이렇게 향이 좋지?'

의아했지만 새삼 자신이 이세계에 있다는 사실을 인지할 수 있었다.

그렇게 오솔길을 따라 작은 언덕을 넘어 비슷한 거리를 내려간 가온은 좌측에 나타난 온천의 모습에 자신도 모르게 감탄했다.

'멋지네.'

조경 전문가라도 있는지 적당한 크기의 돌을 둘러 만든 온천은 지름이 대략 10여 미터로 상당히 컸고 증기가 모락모락 피어오르고 있었다.

대기의 기온이 높은 편이라 왜 이렇게 수증기가 자욱한지 이해가 안 갔는데, 온천 바로 옆에 있는 또 다른 탕에 손을 넣어 보니 이해가 갔다.

온천수를 식힌 것인지 원래 찬물이 솟아 나오는 것인지는 모르겠지만 온탕의 절반 크기에 달하는 냉탕도 나란히 붙어 있었다.

찬 공기와 뜨거운 공기가 만나게 되니 자연스럽게 안개처럼 수증기가 피어오른 것이다.

'왕실에서 관리하는 온천답네.'

온천 주위에는 유칼립투스로 짐작되는 나무들이 빼곡하게 둘러싸고 있어 수만 개의 레몬 사이에 있는 것 같았다.

수령은 자세히 알 수 없지만 몇 아름은 될 것 같은 밑동이나 하늘을 가릴 듯 높이 솟은 것을 보아하니 족히 수백 년은 될 것 같았다.

"꽃이 피었네."

온천 주위의 모든 유칼립투스 나무가 꽃으로 가득했다. 꽃 세 개가 모여 피어 있는 것을 보니 유칼립투스가 맞는 것 같은데 희한하게도 무지개처럼 일곱 가지 색의 꽃들이 모두 보였다.

온천을 둘러싸고 있는 바위들을 포함한 바닥에는 이미 떨어진 작은 꽃잎과 꽃가루 들로 인해서 그야말로 꽃밭이나 다름없어 무척 신비했다.

'이세계라서 그런지 아주 특이하네.'

꽃만 특이한 것이 아니다.

'이런 향은 한 번도 맡아 본 적이 없는데 정말 좋구나.'

은은하지도 강렬하지도 않지만 혈류의 흐름을 빠르게 만들고 기분을 좋게 만드는 효과가 있는 것 같았다.

온천은 짙은 수증기로 가득해서 육안으로 보면 사람이 전혀 없는 것 같았지만 가온의 감각에는 세 명이 느껴졌다.

'정말 1왕녀가 온천에 들어가 있네.'

두 명은 주위에 있는 유칼립투스 나무 높은 곳에 잠복해 있어 호위들로 보였고 나머지 한 명은 뿌연 수증기 안에 있었는데 1왕녀일 것 같았다.

"전하!"

가온은 일부러 1왕녀를 불렀다.

"온 경, 기다리고 있었어요. 어서 탕 안으로 들어오세요."

반가운 감정이 가득한 1왕녀의 말이 전해졌다.

그래도 되겠냐고 물어볼 필요는 없었다. 고우트 백작도 이미 알고 있는 사실이고 두 호위의 호흡도 안정된 것이 크게 걱정할 일은 아닌 것 같았다.

가온은 조심스럽게 1왕녀가 앉아 있는 온탕 안으로 들어갔다.

수증기로 인해 가시거리가 짧았지만 주위를 살펴보느라고 감각을 활성화시킨 가온은 1왕녀의 모습을 볼 수 있었다.

'헙!'

온천수 밖으로 상체를 드러낸 1왕녀의 모습은 용케 입 밖으로 내뱉지는 않았지만 탄성이 절로 흘러나올 정도로 유혹적이었다.

온천수의 온도는 대략 40도 정도로 체온을 고려하면 꽝장히 뜨거운 편이었다. 그래서인지 머리카락이 흠뻑 젖어 있는 1왕녀의 얼굴에는 땀이 송골송골 맺혀 있었다.

'저 정도면 누가 봐도 미인이라고 할 미모인데 왜 면사로 가리고 있었던 거지?'

이상하게 1왕녀의 미모와 자태가 가온의 가슴을 흔들었다.

이제까지 가온은 어나더 문두스를 플레이하면서 많은 미인을 만났다.

태생적인 미모는 이제 잠깐이나마 모습을 실체화시킬 수

있는 정령들이 가장 빼어났지만 그녀들은 가온이 혹할 대상이 아니다.

인간 중에서 가장 인상적인 미인은 함께 다니는 세르나였다.

그녀는 남자라면 눈길을 주지 않을 수 없을 정도로 완벽한 미모는 물론 굴곡이 뚜렷한 몸매의 소유자여서 볼 때마다 여자로 의식할 수밖에 없었다.

무엇보다 엘프의 피를 이은 세르나에게는 속세를 벗어난 초탈한 분위기가 느껴졌다.

헤븐힐이나 매디도 미모라면 보면 굉장히 뛰어난 편이다. 풍기는 분위기나 몸매는 좀 다르지만 현실에서도 많은 남자들의 관심을 받는 미인들이다.

나디아도 상당히 아름답다. 여성적인 미는 물론 지성미를 가지고 있어서 밀착할 때면 여지없이 가슴이 뛸 수밖에 없었다.

그런 여자들에 비하면 1왕녀도 미인이기는 했지만 사실 미모로만 따지면 좀 손색이 있다.

'이런 미인이 왜 면사를 쓰고 다니는 거지?'

균형이 잡힌 이목구비는 가히 미인이라고 부를 만했다. 특히 총기가 가득한 큰 눈이 아주 인상적이었다.

하지만 차가운 아니, 무표정에 가까운 표정과 분위기로 인해서 미모나 매력적인 눈이 두드러지지 않는다.

몸매는 제대로 본 적이 없어서 잘 모르겠지만 지난번에 봤던 1왕녀는 남자들을 혹할 수 있는 여성미를 드러내지는 않았었다.

그런데 지금은 전혀 달랐다.

약한 바람에 흐트러졌다가 다시 모이는 수증기의 근원 속에 앉아서 자신 쪽을 바라보는 1왕녀의 모습은 다채로운 매력을 발산하고 있었다.

빨갛게 달아오른 얼굴은 수줍은 소녀를 떠올리게 했고 목이 마른지 입술을 핥는 붉은 혀는 뇌쇄적인 성숙미를 느끼게 만들었다.

거기에 얼굴을 포함한 상체밖에 볼 수 없었지만 몸을 푹 담갔는지 머리카락까지 물에 젖은 모습은 그녀의 신분과 전혀 어울리지 않는 강렬한 색감을 풍기고 있었다.

'꼭 꿈속에서 사랑했던 여인 같네.'

앙헬의 권능으로 만들어 낸 꿈속의 상대는 깨어나면 흐릿한 인상과 분위기만 기억할 수 있지만 지금 1왕녀의 모습을 보는 순간 자연스럽게 꿈속의 여인을 떠올릴 수 있었다.

"왜, 왜 아무 말도 하지 않죠?"

분명 탕 안으로 들어오는 소리는 들었지만 가온이 더 이상 움직이지 않자 1왕녀는 불안했다.

'이렇게 온 경과 단둘이 온천욕을 즐겨도 될까?'

남녀의 만남은 물론 혼전에 관계를 맺는 것에 관대한 문화

를 가진 툴람이지만, 1왕녀 본인은 금욕적이라고 표현할 정
도로 이성과의 만남을 멀리했다.

남자에 대한 관심을 가질 나이부터 어린 남동생을 대신
하기 위해서 소녀, 아니 여성으로서의 삶을 포기했던 그녀
였다.

국왕 대리를 맡는 동안 사나운 전사들과 노회한 귀족들을
억누르기 위해서 감정 표현을 극도로 자제하고 신분에 맞는
위엄을 갖추고자 노력했다.

워낙 영민했던 그녀였기에 국왕을 대리하는 막중한 책무
를 무리 없이 수행했지만, 그 대가로 여성성을 잃어버리고
말았다.

그녀는 사람들이 자신을 철혈의 여왕이라고 부른다는 사
실을 잘 알고 있었다.

자신이 결혼을 하게 되면 국왕인 남동생의 자리가 위험해
지는 만큼 자의 반 타의 반으로 남자에 대한 관심을 아예 끊
어 버렸기에 일어난 비극이다.

남들은 철혈의 여왕으로 부르며 여성성을 아예 제거한 상
태로 자신을 봤지만 그녀의 내면 깊숙한 곳에는 늘 사랑에
대한 갈증이 있었다.

하지만 그 갈증을 채워 줄 수 있는 남자를 만날 수가 없었
다. 그런 기회 자체가 거의 없었기 때문이다.

그렇다고 그녀가 아는 여귀족이나 여전사 들처럼 절실한

감정도 없이 사귀거나 육체관계를 맺는 것은 싫었다.

그런데 그런 그녀의 단단한 껍질을 깬 남자가 나타났다.

신분이야 어떤 면에서는 현 국왕보다 더 대단한 그녀에 비하면 비교 자체가 안 될 정도였지만, 능력은 세상 그 어느 누구보다 더 대단한 남자였다.

평범한 여인이라면 그저 끌리는 것만으로도 사귀고 관계를 맺을 수 있지만, 어릴 때부터 남과 전혀 다른 생활을 해 온 그녀의 눈에 차는 남자는 없었다.

그렇게 나이를 먹다 보니 어느새 주위에 있는 그 어느 남자도 그녀를 여자로 봐 주지 않았다.

아주 가끔 마음에 드는 남자들도 있었지만 그들에게 그녀는 여인이 아니었다.

국왕 대리의 자리에서 물러난 후에도 그녀에게 구애하는 남자는 없었다. 그만큼 그녀의 이미지나 풍기는 이미지가 너무 차가웠으니 말이다.

거기에 이젠 완전하게 왕권을 행사하는 국왕에게 짐이 되지 않으려고 작은 별궁에 스스로를 유폐시킨 이후에는 마음에 드는 남자들을 만날 기회조차 없었다.

그렇게 외롭게 지냈던 그녀는 철없이 토벌군을 이끌고 던전으로 들어가 버린 국왕 때문에 다시 세상에 나왔다.

예전처럼 국왕을 대리하는 자리에 앉은 그녀는 어린 나이부터 쌓아 온 관록을 발휘해서 잠시 흔들렸던 왕국을 놀랍도록 빠른 속도로 안정시켰다.

그렇게 국정을 장악한 그녀에게 전혀 진전이 없는 던전 공략은 가장 큰 골칫거리였다.

예전에는 남동생을 돕기 위해서였지만 이번에는 한시라도 빨리 국왕 대리라는 자리에서 벗어나기 위해서 다양한 해결 방법을 찾던 그녀의 눈에 온 클랜이라는 대안이 들어왔다.

틀람 왕국이 그녀 덕분에 5국 연합의 일원이 될 수는 있었지만, 그녀가 전권을 휘두를 수 없는 입장이라 타 왕국들과 외교적인 부분은 약할 수밖에 없었다.

그 때문에 아그레시아 왕실에 정식으로 요청하기가 힘들어서 용병 길드를 통해 의뢰를 하려고 했다.

하지만 길드 측에서 잘못된 정보로 인해서 실수를 하는 바람에 일이 꼬였는데, 자신의 기도가 무심치 않았는지 온 클랜이 의뢰를 받아 주었다.

그렇게 해서 만나게 된 온 클랜의 클랜장을 보는 순간 투하란은 가슴이 덜컥 내려앉는 것 같았다.

'온 대장은 내가 꿈꾸던 남자야!'

나이를 먹으면서 조금씩 바뀌긴 했지만 그녀가 꿈꾸는 남자는 무심한 듯 다정한 남자였다. 물론 잘생기면 더욱 좋고 능력까지 뛰어나면 더 좋겠지만.

그래서 동생의 은근한 권유를 수락했다. 그녀의 동생 역시 그 남자를 마음에 들어 했다.

마음에 드는 남자를 유혹해 보겠다고 가운의 앞섶을 벌려 나름 자신이 있는 부위를 보이려다가 결국 앙가슴 정도만 보여 주기로 한 1왕녀였기에 온천에 들어온 것 같은데 아무런 말이 없는 가온의 태도에 당황할 수밖에 없었다.

출렁!

결국 자리에서 일어난 1왕녀의 젖은 가운에서 물이 흘러 내렸다.

'차라리 감각을 활성화시키지 말걸.'

그러는 바람에 너무 자극적인, 고혹적이라고 표현해야 할 장면을 보고야 말았다.

다른 여인들보다 월등한 부위는 없지만 모든 부위가 다 마음에 들다 보니 끌릴 수밖에 없었다.

게다가 그 여인의 자태나 미모 그리고 몸매 모두가 마음에 드니 몸과 마음이 뜨거워질 수밖에 없었다.

1왕녀가 떨리는 목소리로 자신을 부를 때 바로 대답을 하고 그녀 쪽으로 움직여야 했지만 그럴 수가 없었다.

'이런 꼴을 보일 수는 없지.'

호감이 가는 여자라서 그런지 그녀의 모습을 본 순간 몸이 정직하게 반응했는데, 쉽게 진정이 되지 않았다.

'너무 오랫동안 욕구를 참았나 보다.'

참으로 곤란한 상황이었다.

가온은 초인적인 정신력으로 욕구를 간신히 눌렀지만 1왕녀가 자리에서 일어나는 바람에 모두 허사가 되고 말았다.

"온 경, 어디 있나요?"

1왕녀는 자신이 욕탕 밖으로 나간 줄 아는지 앞으로 움직였는데, 심하게 벌어진 가운 때문에 기존에 노출된 앙가슴이 더욱 벌어졌고 이번에는 뽀얀 배와 허벅지까지 드러났다.

심지어 오른쪽 가슴은 반 이상 드러났는데 수줍어하면서도 도발적인 유두까지 노출되어 있었다.

'흐업!'

간신히 진정시켜 놓았던 분신이 순간 용수철처럼 튀어 올랐다.

아무래도 이러다간 큰 결례를 저지를 것 같았다.

무엇보다 나무 높은 곳에 올라가 있는 호위 기사들이 자신의 육체 변화를 눈치채기라도 하면 큰일이다.

가온은 겨우 마음을 진정하고 입을 벌렸다.

"1왕녀 전하, 온천수의 감촉이 너무 좋아서 잠시 음미하느라 대답이 늦었습니다."

"아아! 그랬군요. 정말 좋죠? 토레토 온천에서 자주 온천욕을 하면 피부가 좋아지는 것은 물론 심신의 피로가 쉽게 풀리고 활력을 되찾을 수 있어요."

다행히 왕녀에게 변명이 통한 모양인지 목소리가 안정된다.

"예전에 몇 번 온천에 가 본 적이 있었는데 그곳들과는 비교할 수 없이 좋은 온천수군요."

본가가 천안이라 아산온천에 가끔 갔는데 사실 온천수가 좋았는지는 모른다.

하지만 이곳의 온천수는 확실히 달랐다. 감각이 활성화된 상태라서 그런지 물에 포함된 특이한 성질의 마나가 피부 세포를 활성화시키고 땀구멍을 넓혀서 노폐물을 배출시키고 있었다.

"역시!"

뭐가 역시라는 건지는 모르겠지만 1왕녀는 왠지 신이 난 얼굴이 되었다.

"증기 때문에 잘 안 보이겠지만 바로 옆에는 온천수를 식힌 냉수탕도 있어요. 온탕과 냉탕을 번갈아 하면 피로가 싹 풀리고 머리가 맑아져요."

"그렇군요. 제가 알기로도 온욕과 냉욕을 교대로 반복하면 몸의 면역력이 높아져서 몸 상태가 전반적으로 개선될 뿐 아니라 혈관이 확장되어 혈관 내 노폐물을 제거하는 효과가 있다고 합니다."

"아! 그렇게 냉온욕에 대해서 자세하게 알고 있을 줄은 몰랐네요. 냉온욕의 자세한 효과를 모르면서도 본능적으로 그렇게 해 왔거든요. 시간이 조금이라도 나면 이곳에 와서 냉온욕을 했거든요."

예지몽으로
히든랭커

"그래서 그렇게 피부가 고우신가 봅니다. 피부가 너무 투명해서 왼쪽 쇄골 부근에 있는 점들이 마치 별처럼 보입니다."

몸이 구릿빛인 툴람의 전사들과 달리 1왕녀는 무척이나 희고 부드러운 피부를 가지고 있었다. 그래서인지 그녀는 맑고 청초해 보여 가온의 마음을 진탕시켰다.

게다가 왼쪽 쇄골 근처에는 점 다섯 개가 마치 오망성처럼 자리하고 있었는데 정말 별자리처럼 신비해 보였다.

"호호호. 맞아요. 온천욕을 즐긴 덕분에…… 잠깐! 제가 보이나요?"

"당연……."

무심코 대답을 하던 가온이 입을 닫았다.

지금 1왕녀는 그야말로 사랑하는 연인의 앞에서나 보일 정도로 심하게 노출한 상태다.

1왕녀도 그 사실을 깨닫고 황급히 다리를 붙이면서 열린 가운을 여미고 있었다.

"……다 봤죠?"

"……아니오."

"다 봤잖아요! 소드마스터라면서요?"

"……."

소드마스터라는 단어를 언급하는 순간 가온은 더 이상 거짓말을 할 수가 없었다.

소드마스터는 초인이다. 말 그대로 인간의 한계를 초월한 존재로 평범한 사람이 볼 수 없는 것까지 볼 수 있었다. 이 정도 수증기를 뚫어 보는 것은 일도 아니다.

1왕녀는 이제야 그 사실을 깨달은 것이다.

두 사람은 한동안 아무 말도 없이 다양한 표정 변화를 보이며 서 있었다.

"사과드리겠습니다. 본의는 절대 아니었습니다."

"……."

가온의 거듭된 사과에도 불구하고 가슴 부근까지 온천수에 몸을 담그고 앉은 1왕녀는 굵은 눈물만 흘리고 있었다.

사실 1왕녀도 자신이 왜 눈물을 흘리는지 잘 몰랐다. 애초에 그를 유혹하려고 했던 것은 자신이었는데 말이다.

그런데 막상 그가 방만한 자신의 모습을 봤다고 생각하니 이상하게 눈물이 나왔다. 수치심은 아닌데 알 수 없는 감정이 그녀를 자극했다.

'툴람 왕국은 성에 개방적이라고 하지 않았나?'

미치겠다.

뭐라고 말을 해야 대화가 될 텐데 이렇게 울고만 있으니 너무 답답했다.

그렇다고 이 자리를 벗어날 수도 없었다. 본의든 아니든 자신이 보지 말아야 할 것을 본 건 사실이니 말이다.

그런데 그런 복잡한 심사 중에서도 묘한 감정이 스멀거리며 올라왔다.

'예쁘다!'

강렬했던 빛을 뿜어내던 큰 눈에서 흘러내리는 눈물은 마치 아침 이슬 같아서 왠지 1왕녀의 모습을 더욱 청초하게 만들었다.

미인이 이렇게 소리 없이 우는 것은 한 번도 본 적이 없었다. 아니, 영화나 드라마 같은 미디어에서 본 적은 있겠지만 기억나는 건 없었다.

그런데 지금 그렇게 우는 1왕녀를 보니 측은한 감정보다는 예쁘다는 감정이 더 강하게 느껴졌다.

가온은 답답한 가운데서도 1왕녀의 눈물 흘리는 모습을 더 보고 싶다는 생각을 했지만 이런 상황을 오래 끌면 안 된다는 생각도 했다.

'어떻게 해야 하는 거지?'

아무 생각이 나지 않는다. 아니, 왜 우는지를 이해해야 제대로 대응을 할 수 있을 텐데 이유를 모르니 할 수 있는 것도 없었다.

그때였다.

ㅡ주인님, 어서 안아 주세요.

앙헬이었다.

'안아 주라고?'

ㅡ네. 오들오들 떨잖아요.

따듯한 온천수 안에 있으니 추워서 그런 것은 아닐 텐데 앙헬의 말대로 잘게 떨고 있긴 했다.

　벼리의 조언이었다면 바로 시행했을 테지만 앙헬이라서 좀 불안했다.

　자신에게 귀속되기는 했지만 틈만 나면 자신의 정혈을 흡수하려고 수작을 부리는 마족이다.

　잠깐 고민을 했지만 다른 수가 없었다.

　'만약 왕녀가 소리 내어 울기라도 한다면 아주 곤란해질 것 같군.'

　결국 가온은 1왕녀를 마주 보고 몸을 온천수에 담갔다.

　처음에는 약간 뜨거운 감이 있었지만 금방 적응이 되어 따듯하게 느껴졌다. 아마 온도 조절을 하는 파르 덕분일 것이다.

　"전하, 말씀드렸듯 본의는 아니었습니다. 귀한 존체를 엿본 죄를 부디 용서하십시오."

　말은 그렇게 했지만 그의 두 팔은 1왕녀를 감싸 안았다.

　그런데 1왕녀의 부드러운 어깨에 손이 닿는 순간 가온의 몸이 움찔하며 긴장했다.

　'내치겠지.'

　1왕녀가 자신과 같은 용병, 혹은 자유기사의 품에 안길 리도 없을 뿐 아니라 지금 나무 위에 잠복해 있는 호위들이 가만히 있을 리가 없었다.

　그런데 상상도 하지 못한 일이 벌어졌다.

온천의 열풍

와락!

1왕녀가 마치 기다렸다는 듯 그의 품에 안긴 것이다.

그의 허리를 감은 그녀의 팔에 강한 힘이 느껴졌다.

'이, 이게 뭐지?'

앙헬의 조언에 혹해서 평소라면 엄두도 내지 못할 행동을 하긴 했지만 가온은 그냥 가볍게 안아서 어깨나 등을 두드려 줄 생각이었다.

그런데 1왕녀의 반응은 달랐다.

"흐끅!"

울음을 그치려는 듯 갑자기 가슴에 뜨거운 1왕녀의 숨결이 닿는다.

그런데 왜 이렇게 몸이 간질간질하고 짜릿한 건가?

가온은 자신의 반응이 너무 이상했지만 너무 자연스럽게 품에 안긴 1왕녀를 힘주어 안았다.

'이게 정말 여자의 몸인가?'

품에 안긴 1왕녀의 몸은 너무 부드러워서 뼈가 없는 것 같았는데, 달콤한 향을 풍기고 있었다.

여자를 안아 본 적이 없는 것도 아닌데 1왕녀는 전혀 달랐다. 안고 있는 것만으로도 기분이 좋아지고 뭔가 충족이 되는 느낌이었다.

"투, 투하란이에요."

말을 할 때마다 가슴팍이 뜨거워지는데 마음은 달콤하기만 하다.

'이름으로 불러 달라는 건가?'

"투하란 전하."

"그냥 투하란이에요."

이게 대체 무슨 상황인지는 모르겠지만 일단 말을 해야만 했다. 안 그럼 미칠 것 같으니 말이다.

"투하란 님."

"투하란이라고요."

1왕녀이기 이전에 고집이 꽤 센 아가씨다. 어쨌거나 자신에게 말을 편하게 하라는 의도는 확실히 전달되었다.

"투하란."

"네, 온 님. 말씀하세요."

"왜 울었어요?"

"그냥요."

아무래도 대화가 어려울 것 같다.

그런데 그 순간 투하란이 가슴에 묻었던 얼굴을 떼어 내더니 그의 얼굴을 정면으로 응시했다.

'예쁘다. 피부가 이렇게 투명할 수도 있나?'

투명할 뿐 아니라 광채가 나고 있었다. 무엇보다 총기, 혹은 혜지가 가득한 눈이 가온의 모습을 담고 빛나고 있었다.

"열한 살 이후로 제 얼굴을 본 남자는 온 님이 유일해요."

그럼 그때부터 면사를 줄곧 써 왔던 모양이다.

"망설였어요. 온 님에 비해 제 나이가 너무 많고 예쁘지도 않아서요."

대체 뭘 망설였다는 건지 모르겠지만 고백을 받는 것 같아서 마음이 달콤해졌다.

"아닙니다. 투하란은 정말 아름답습니다."

"온 님이 오기 전까지 면사를 몇 번이나 썼다 벗었다 했어요. 거절될까 두렵고 끝까지 투하란이 아니라 1왕녀로 대할까 봐 겁이 났어요."

설마 첫 만남부터 자신에게 호감을 가진 건가?

"그런데 얼굴은 물론 제가 가장 아끼는 친구들을 제외한 누구에게도 보여 주지 않았던 제 비밀스러운 부분까지 보이고 말았어요."

"그건!"

"알아요, 본의가 아니란 걸. 제가 따듯한 온천수와 꽃향기에 취해서 평소의 조신함을 잠시 내려놨어요."

그래. 그럴 것이다. 자신만 해도 이 묘한 분위기에 취해서 기분이 이상야릇했다.

"마음을 드러내기도 전에 몸을 내보였으니 이젠 순서를 바로잡으려고 해요."

"무, 무슨?"

"온 님을 사모하는 것 같아요. 아니, 사모해요. 처음 본 순간부터 가슴이, 몸이 이상했어요. 온 님이 불가능에 가까운 의뢰를 성공시켜 신하들이 만세를 부를 때 제 마음을 알았어요. 마치 내가 칭찬을 받는 것처럼 자랑스러웠거든요. 비록 나이도 많고 예쁘지도 않지만 온 님에게 제 마음을 고백해야겠다고 마음먹었어요. 국왕 전하는 온 님을 붙잡으려고 이곳에 초대했지만, 전 이곳에서 고백할 생각이었어요."

"……."

뭐라 할 말이 없었다.

그저 평범하게 어나더 문도스를 즐기는 플레이어라면 NPC와의 로맨스에 해당하는 퀘스트라고 생각하겠지만, 진실을 아는 가온은 이런 상황이 얼마나 말이 안 되는 건지 잘 알고 있었다.

"온 님에게 여자가 있어도 상관없어요. 저를 아끼는 마음과 제가 머무를 수 있는 작은 자리만 있으면 돼요. 아시겠지만 우리가 사는 시대도 그렇지만 용맹하고 뛰어난 전사를 신봉하는 튤람에서는 영웅에게 여자가 많은 것은 흠이 되지 않으니까 질투도 하지 않아요. 제 마음을 받아 주실 거죠?"

투하란은 가온이 아무 대꾸도 하지 않는 것을 보고 다른 여자가 있다고 확신하는 듯 그렇게까지 말했다.

"그, 그게……."

뭐라고 대답을 해야 할지 모르겠다. 이런 상황은 전혀 염두에 두지 않았거니와 고백을 하는 상대의 신분이 신분이라 어떻게 대응을 해야 할지 모르겠다.

그런데 그런 그의 입보다 정직한 대답을 했다. 불끈 솟아올라 제멋대로 가운을 헤치고 나타난 그것이 마주 안은 투하란의 아랫배를 강하게 찔렀다.

"흐읏!"

가온은 투하란의 그 교성을 들은 순간 말로 표현하기 힘든 감정의 소용돌이에 함몰되어 버렸다.

"우읍!"

뭔가 말하려던 투하란의 입이 가온의 입에 의해 막혔다.

허리를 감고 있었던 투하란의 팔이 어느새 목을 감싸 안았다.

여전히 입을 붙인 상태에서 투하란의 몸이 가온의 허벅

지 위로 올라왔고 얼마 후 그녀의 얼굴이 보기 좋게 일그러
졌다.

"하흑!"

신음과 함께 젖은 살이 부딪히는 소리와 거친 숨소리 그리
고 끈적거리는 낮은 교성이 이어졌다.

피어오르는 수증기와 주위의 거목들이 방출하는 묘한 향
을 싣고 있는 부드러운 바람이 서로의 감정을 받아들인 두
남녀의 부끄러운 사랑의 현장을 감추어 주었다.

처음에는 달콤했고 중간에는 격렬했으며 나중에는 깊은
여운이 남는 정사가 끝났다.

시간으로 치면 대략 1시간 정도는 지난 것 같은데 사실 두
사람은 시간의 흐름을 거의 느끼지 못했다. 그저 열정에 취
해서 적나라한 사랑을 나누었을 뿐이다.

가온도, 1왕녀 투하란도 극한까지 치달렸던 후유증과 오
래 남는 여운으로 인해 배부른 고양이처럼 늘어졌다.

"죽는 줄 알았어요."

얼굴에 여전히 홍조가 남아 있는 투하란이 온탕 가장자리
의 바위에 앉은 가온에게 비스듬하게 안겨 손가락으로 다시
걸친 가운 사이로 그의 단단한 가슴을 매만졌다.

"힘들었습니까?"

"아주 많이요. 처음에는 죽을 것처럼 아팠는데 어느 순간

부터는 너무 좋아서 마음껏 움직이고 소리를 지르고 싶은 것을 참느라고 무척이나 힘들었어요. 이렇게 늦게 당신을 만난 것이 너무 아쉬울 정도예요."

가온은 신분에 어울리지 않게 적나라하면서도 솔직하게 처음 치른 정사에 대해 말하는 투하란에게 강한 매력을 느꼈다.

사실 가온도 여자 경험이 많은 것은 아니지만 그녀의 어설픈 반응이나 행동을 통해서 그녀가 처녀라는 사실 정도는 알 수 있었다.

하지만 그녀가 고백한 것처럼 열정만 가득했던 그녀의 어설픈 몸짓은 시간이 지날수록 과감해졌고 능숙해져서 마지막에는 오히려 가온을 리드하기까지 했다.

그렇게 그녀는 순식간에 가온에게 적응했고 그보다 더한 열정으로 온몸을 활활 불태웠다.

물론 가온도 마찬가지였다. 키스를 하기 전까지만 해도 여자로 보지 않았던 투하란에게 급속히 빠져 버린 것이다.

맹세컨대 그저 키스를 했거나 성욕 때문에 그녀를 안은 것은 절대로 아니었다.

고백을 들을 때부터 그녀를 향한 사랑의 감정이 폭발적으로 분출한 것이다.

"정말 이곳에 오길 잘한 것 같아요. 100년에 한 번 핀다는 베누스의 꽃이 피어난 날에 온 님과 함께 꽃향기를 맡을 수 있을 줄은 몰랐어요."

"이 나무의 이름이 베누스입니까?"

"네. 사랑과 꽃이란 뜻을 가진 단어죠. 베누스는 100년에
한 번 꽃을 피우고 채 이틀도 지나지 않아 지지요. 베누스의
꽃이 피어난 장소에서 좋아하는 상대에게 고백을 하면 사랑
이 이뤄진다는 말이 사실이었어요."

100년에 한 번 핀다면 유칼립투스는 아닌 것 같았는데 나
무에 얽힌 이야기가 흥미로웠다.

"그런 말이 있었군요."

"네. 꽃향기는 사랑을 이루어 준다는 말은 오래전부터 내
려오는 전설과 같은 이야기지만 나무 향과 수액이 벌레를 쫓
아 준다는 내용은 사실이에요. 이곳은 언제 어느 때 와도 독
충은 물론 개미조차 볼 수 없거든요."

그렇다면 아주 특이한 유칼립투스인 모양이다. 습지 던전
에서 독충을 포함한 벌레 때문에 곤란했었던 때를 생각하자
순간 좀 욕심이 났다.

잠시 그런 생각을 하고 있을 때 나무를 돌아보던 투하란
왕녀가 그와 눈을 다시 맞추었다.

"온 님은 몇 살이세요?"

그렇게 묻는 투하란의 눈에 호기심과 함께 불안감이 엿보
이는 것을 보니 나이 차이를 많이 의식하는 것 같았다.

짧게 고민하던 가온은 선의의 거짓말을 하기로 했다.

'안 그래도 나이와 어울리지 않는 실력과 너무 빠른 성장에 사람들이 드래곤이 유희를 하는 것이 아닐까 의심한다고 했지.'

"서른한 살입니다."

"어멋! 정말 동안이네요. 다들 20대 중후반으로 보는데."

그렇게 말하는 투하란의 얼굴에 기쁨이 가득했다.

"투하란은 몇 살입니까?"

"온 님보다 한 살이 더 많아요."

한 살 정도라면 나이 차이가 없다고 봐도 좋다.

"내게 진정을 준 것은 너무 고맙고 행복한 일이지만 투하란, 그대는 정말 나로 괜찮겠습니까?"

걱정이 되지 않을 수 없었다.

아무리 무를 숭상하는 툴람 왕국이라도 귀족이나 기사가 존재하는 계급 사회다. 자신은 잘 봐 주어야 자유기사에 불과한데 상대는 무려 국왕 대리였던 1왕녀였다.

"너무 만족해요. 그리고 소드마스터는 본국에서도 백작위를 받을 수 있으니 신분으로도 큰 차이가 없고요."

그냥 하는 소리가 아니라면 정말 다행이다.

'할 수 없이 책임을 져야겠네.'

이왕 일이 이렇게 되었으니 투하란을 책임지고 싶었다.

"툴람 왕국에 오래 머무를 수도 없습니다."

그래도 그녀로 인해서 운신에 제한이 걸리는 것은 피하고 싶었다. 위험한 던전을 찾아다니며 더 높이 성장하려는 계획은 수정할 수 없다.

투하란의 반응은 가온의 우려와는 달랐다.

"바쁜 분이니 그럴 거라고 예상했어요. 어차피 온 님이 제 마음을 받아 주면 같이할 생각이었어요. 그리고 사실 전 언제고 왕궁을 떠나 자유롭게 살고 싶었어요."

자신과 함께 떠나겠다는 얘기인데 가능할지 모르겠다.

"그래서 오래전부터 주술도 익혀 두었답니다."

"주술을요?"

"네. 어릴 때부터 꽤 오래 주술을 익혔어요. 일행에게 힘을 주고 상대의 힘을 약화시키는 주술부터 맹수나 마수를 조련하는 주술까지 익힌 건 꽤 많아요. 아직 깊이는 부족하지만요."

주술이 마법과 어떻게 다른지는 모르겠지만 투하란이 1왕녀라는 신분을 벗어던지고 자유롭게 세상을 떠돌겠다는 마음을 오래전부터 품은 것은 사실인 것 같다.

"국왕 전하가 허락하실지 모르겠네요."

"허락하실 수밖에 없어요. 국왕이 되고도 전사가 되고자 했던 자신 때문에 제가 여자로서 가장 빛날 때를 잃었다고 미안해하거든요."

"투하란은 지금이 가장 빛나는 것 같은데요."

"맞아요. 저도 그동안은 국왕 전하와 같은 생각을 했었는

데 온 님을 이렇게 만나고 나니 지금이 제 인생에서 가장 빛
나는 순간이라는 사실을 알겠어요."

그렇게 말하는 투하란의 눈에는 진심이 가득했다.

이 정도까지 얘기를 한다면 국왕을 설득할 자신이 있을 것
이다.

어쩌면 이미 국왕과 얘기를 끝냈을 수도 있었다.

'그나저나 대원들이 투하란을 어떻게 받아들일지 모르겠
네.'

다른 대원들이야 시간이 흐르면 자연스럽게 인정을 할 테
지만 걸리는 사람들이 있어 마음이 좀 무거웠다.

특히 자신에게 노골적으로 호감을 표현하고 있는 세 여자
대원의 반응이 굉장히 신경 쓰였다.

하지만 그런 생각을 오래할 수는 없었다.

투하란은 여행에 대한 기대가 큰지 가온이 경험한 여행에
대해서 알고 싶어 해서 둘의 대화는 자연스럽게 여행으로 넘
어갔다.

"석 달만 기다려 줘요."

갑자기 투하란이 꺼낸 말에 가온이 눈을 끔뻑거렸다.

"석 달요?"

"부족한 체력을 올리고 집중적으로 주술을 익힐 생각이에
요."

확실히 지금 투하란은 온 클랜과 함께 여행을 하고 의뢰를

수행하기에는 모든 면에서 부족하다.

"온 님이 사랑하는 여인으로서도 그렇지만 온 클랜원으로서 능력이 부족하다는 얘기를 듣고 싶진 않아요."

가온은 자신을 향한 투하란의 마음은 물론 그녀의 자존심을 충분히 이해할 수 있었다.

"다만 저를 위해서라도 석 달 동안만 툴람 왕국을 위해서 의뢰를 받아 주세요."

"그렇게 하겠습니다."

그건 어렵지 않다. 툴람 왕국에서 뭘 원할지 알면서도 토레토 온천으로 온다고 결정한 것은 이미 그럴 생각이 있었기 때문이다.

그리고 1왕녀인 투하란을 사랑하게 되었으니 툴람 왕국은 더 이상 타국이 아니다.

"한시라도 빨리 온 님에게 어울리는 여인이 되기 위해서 오늘부터 주술 수련을 시작할 생각이에요."

"오, 오늘부터 말입니까?"

이제 막 서로의 마음을 확인했는데 이대로 떠난단 말인가?

"네. 마음먹었을 때 움직여야 가장 효율이 높잖아요. 그리고 온 님이 너무 강해서 더 같이 있다가는 제 몸이 견뎌 내질 못할 것 같아요."

가온은 할 말이 없었다. 그녀가 혼절 직전까지 갈 정도로 몰아붙였고, 지금도 그녀의 몸 곳곳에는 격렬한 사랑의 흔적이 여실하게 남아 있었다.

무엇보다 안은 상태로 대화를 하면서 자신을 향한 그녀의 마음을 확인하자 이미 몇 번이나 정을 토했던 녀석이 다시 성을 내고 있었다.

투하란이 남자 경험이 없었다는 점을 생각하면 지금 얼마나 힘들고 고통스러운 상태인지 짐작이 갔다.

그 생각을 하자 너무 미안했다. 자신만 생각했던 것이다.

"제가 온 님이 다른 여자를 받아들여도 질투하지 않겠다는 이유 중 하나는 온 님이 이렇게 강하기 때문이에요. 경험이 전혀 없는 나라도 혼자서는 온 님을 도저히 감당할 수 없다는 사실은 알 수 있거든요."

가온으로서는 할 말이 없었다.

'고맙네.'

사실 이렇게 우연찮게 투하란에게 사랑의 감정을 느끼고 관계까지 맺었지만 그동안 자신을 꾸준히 좋아해 온 여자들에게 미안했다.

만약 둘이나 셋이 동시에 자신을 좋아하지 않았다면 자연스럽게 받아들여 사랑을 했을 것이다.

가능하면 한 여자만 오롯이 사랑하는 것이 정론이고 가장 이상적이지만, 그것은 맑고 순수한 영혼의 소유자만이 가능하다고 생각했다.

사랑이란 감정은 절대적인 것이 아니다. 시간이 흐르면 자연스럽게 가라앉거나 다른 감정으로 바뀔 수밖에 없었다.

그래서 지구에서도 많은 것을 가진 이들은 충실한 부인을 두고도 바람을 피우곤 한다.

물론 반대의 경우도 마찬가지다. 능력이 뛰어난 여자들도 바람을 피우는 경향이 높다.

권력욕이나 재물욕이 강한 사람이 과연 다른 욕망에는 초탈할까?

가온은 아니라고 생각했다.

존경받는 학자들이나 심지어 종교인들까지 외도를 하는 건 어느 사회나 공통적으로 있는 현상이다.

그래도 가정 혹은 학교나 사회에서 배운 것들을 통해서 함양한 의지와 이성으로, 그리고 운동과 같은 취미 생활로 그런 욕망을 억누르는 것일 뿐이다.

그래서 그런 이들이 존경을 받는 것이다.

게다가 이 탄 차원은 일부다처제가 일상적이라고 할 정도는 아니지만, 적어도 귀족이나 기사 계급에 한정한다면 일상적이다.

아무튼 마음은 복잡했지만 여인에 대한 투하란의 넓은 마음을 알고 나자 그녀가 더욱 사랑스럽게 보였다.

그렇게 이런저런 얘기를 나누다 보니 3시간이 순식간에

지나갔다.

물론 대화만 나눈 것은 아니다. 서로에게 눈을 떼지 않고 수시로 뽀뽀나 키스를 하는 등 애정 표현을 하며 그렇게 짧은 시간에 쌓은 것으로 믿을 수 없을 정도로 깊은 사랑의 감정을 키웠다.

"이젠 갈게요. 3개월 후에 만나요."

투하란이 아쉬움이 뚝뚝 떨어지는 얼굴로 말했다.

그녀는 이제 1왕녀라는 신분과 굴레를 벗어 버리고 가온과 함께 세상을 여행하기 위해서 주술을 더욱 깊게 익힐 거라고 말했다.

"꼭 오늘 가야 합니까?"

너무 아쉬웠다. 하루 아니 몇 시간이라도 더 같이 있고 싶었다.

투하란에 대해서 많은 이야기를 들었지만 더 많은 것을 알고 싶었다.

"어쩔 수 없어요. 토벌군에게 보낼 약들 때문에 은거를 깨고 나오셨던 오칸께서 오늘 저녁에 다시 은거지로 돌아가시거든요."

"오칸이시라면 혹시 대주술사십니까?"

"맞아요. 사적으로는 작은할머니이신데 어릴 때부터 저를 무척 예뻐해 주셔서 왕궁에 오실 때면 매번 다양한 주술을 가르쳐 주셨어요."

오칸이라는 주술사는 왕족 중 한 명은 반드시 주술사가 되어야 한다는 암묵적인 관습의 대상자였던 모양이다.

다시 만날 때 동료로서 어울리는 능력을 갖추기 위해서 수련을 하러 간다니 더 이상 말릴 수가 없었다.

"석 달. 석 달 후에 봐요. 기다려 주실 거죠?"

"당연히요."

두 사람은 뜨거운 키스와 포옹으로 이제 막 시작한 사랑의 감정을 좀 더 깊고 단단하게 만들었다.

아쉬운 얼굴로 가온의 품을 벗어난 투하란은 떠나기 전에 호위들을 소개했다.

"공적으로는 제 호위이지만 사적으로는 제 친구들이에요. 석 달 후에도 저와 동행할 예정이고요. 둘 다 내려와!"

투하란의 말이 떨어지는 순간 나무 위에서 두 인영이 훌쩍 뛰어내렸다.

가온도 놀랄 정도로 미모가 뛰어난 두 여인은 왕녀의 호위답게 딱딱한 얼굴과 격식을 갖춘 행동을 보였지만, 두 사람의 적나라한 애정 행각을 지켜보았는지 가온을 똑바로 쳐다보지 못했다.

한 명은 큰 키에 터질 듯한 근육질의 몸매의 미녀로 야성적인 매력을 발산하고 있었는데, 타는 것 같은 붉은색 머리칼과 눈동자가 굉장히 인상적이었다.

다른 한 명은 날씬했지만 굴곡이 뚜렷한 몸매에 화사한 미모를 가지고 있어 누가 봐도 호위로 여길 것 같지 않은 미인이었다.

"이 친구가 에스렐이고 이 친구가 스링이에요. 두 사람도 인사해."

"에스렐입니다!"

"스, 스링이에요."

얼굴은 딱딱하고 무표정했지만 떨리는 목소리로 보아 남자 경험은 없는 것 같았다.

'둘 다 검기 완숙자네.'

외견상 30대 초반으로 보이지만 왕녀가 어릴 때부터 호위를 시작한 것을 보면 실제로는 30대 중반은 되었을 것으로 생각되는 두 사람의 나이를 생각하면 엄청난 능력자들이다.

보통 여자가 남자보다 근력 등 운동 능력이 떨어진다는 점을 생각하면 두 사람이 얼마나 뛰어난 재능을 가지고 있는지 짐작할 수 있었다.

벽을 앞둔 것은 아니지만 검사는 무리 없이 뽑아낼 수 있는 실력을 가지고 있어 둘만으로 1왕녀를 충분히 호위할 수 있었다.

"에스렐과 스링은 앞으로도 저와 함께 평생을 같이할 거예요."

투하란이 그렇게 소개할 정도라면 가온도 신경을 써야만 했다. 정말 단순한 호위가 아니라는 의미였으니 말이다.

"온 훈입니다. 앞으로 잘 부탁합니다."

그동안 투하란을 호위하느라 고생했다는 사실과 앞으로도 계속 부탁한다는 마음을 온전히 담아서 인사를 했다.

"만나서 영광이었습니다. 저야말로 잘 부탁드립니다."

"다시 뵐 때까지 전하를 안전하게 호위할게요."

야성적인 매력을 가진 에스렐은 선망의 눈길을, 화사한 미모의 소유자인 스렁은 굳은 결의로 가득한 눈빛을 보여 주었다.

"아! 이건 내성이 전혀 없고 심신의 피로를 풀어 주는 천연 영약이니 세 사람 모두 자주 먹어요. 수련에 도움이 될 겁니다."

가온은 떠나는 투하란에게 셋이 석 달을 먹어도 충분할 정도의 허니비 꿀을 건네주는 것으로 연인을 떠나보내는 아쉬움을 달랬다.

투하란 왕녀는 떠났지만 가온은 쉽게 온천을 벗어날 수 없었다.

"꼭 꿈을 꾼 것 같네."

바람처럼 찾아온 사랑이다. 이전에 만났을 때만 해도 별 감정이 없었던 투하란 왕녀가 이젠 영혼에까지 깊이 새겨진 연인이 되었다.

몇 시간 만에 한 여인을 이렇게 깊이 사랑하게 될 줄은 정말 몰랐다.

'이렇게 순식간에 사랑에 빠질 수도 있는 건가?'

한눈에 사랑에 빠진다는 말을 듣긴 했지만 자신이 이런 상황을 맞닥뜨릴지는 몰랐다.

그래서인지 그녀가 떠난 빈자리가 너무 커 보였다.

'마치 바람 같네.'

홀연히 다가와서 사랑에 빠뜨려 놓고 어디론가 가 버린 바람과 같은 투하란이지만 남긴 것은 너무 많았다.

그녀 특유의 체향과 몸짓 그리고 흐느끼는 것 같았던 기쁨의 신음과 교성이 이렇게나 생생한데 막상 그녀는 이 자리에 없었다.

하지만 언제까지 그녀와의 추억을 곱씹고 있을 수는 없기에 힘을 내어 발을 옮겼다.

숙소로 돌아가는 가온의 마음은 가슴 한쪽이 떨어져 나간 것 같은 허탈함으로 가득했다. 아주 짧은 시간이었지만 투하란은 그 정도로 가온의 마음을 파고든 것이다.

그래도 그를 기다리는 동료들을 보자 허전함은 많이 가셨다.

목욕 가운을 입은 세르나와 나디아가 가장 먼저 뛰어와서 그를 맞이했다.

"오래 걸렸네요?"

"심각한 일이었어요, 대장님?"

두 사람의 질문에 대원들이 긴장한 얼굴로 가온의 대답을 기다렸다.

도착한 직후 1왕녀를 만나러 갔던 가온이 정오가 지난 지 꽤 되었는데도 돌아오지 않으니 뭔가 심각한 얘기가 오갔을 거라고 짐작한 모양이다.

"심각한 것은 아닙니다. 여러분이 예상한 대로 툴람 측의 부탁을 들었고 진지하게 고민하겠다는 답을 하고 오는 길입니다."

그런 것치고는 시간이 많이 지났지만 누구도 더 파고들지는 않았다.

"그런데 시간이 이렇게 늦었는데 왜 아직 식사를 하지 않았습니까?"

툴람 측에서 준비한 것으로 보이는 음식들이 4개의 야외 테이블을 가득 채우고 있었지만 손을 댄 흔적은 없었다.

"대장님이 안 오시는데 우리가 어떻게 먼저 먹습니까?"

"따로 식사를 하는 거였으면 누굴 시켜 전했겠지 하고 생각했습니다."

투하란으로 인해 감정이 풍부해져서 그런지 이렇게 말해 주는 동료들이 고마웠다.

때때로 자유로운 행동을 구속하는 동료들이 귀찮았지만 지금처럼 의지가 되는 경우가 더 많았다.

"기다리게 해서 미안합니다. 일단 먹고 자세한 얘기는 온천욕이 끝나면 합시다!"

가온의 말이 떨어지자 대원들이 일제히 빈 접시를 집었다. 사실은 시장했었다.

온천욕은 만족스러웠다.

나이가 있는 고문들은 물론이고 젊은 대원들도 처음 경험하는 온천욕을 너무 좋아했다.

지구에서 온천욕을 경험한 헤븐힐 일행도 마찬가지로 큰 만족감을 표시할 정도였다.

'헤븐힐 일행을 제외하고는 다들 처음일 테니 좋을 수밖에.'

지구와 달리 탄 차원은 온천은 적극적으로 개발이 되지 않아서 귀족, 그것도 세습 귀족의 전유물이라고 할 수 있었다.

'기후도 한몫했지.'

현재까지 어나더 문두스에 플레이할 수 있는 지역은 대부분 아열대 기후대에 속한다.

안 그래도 더운 날씨가 연중 내내 이어지니 온천이 발달하기 힘들 수밖에 없었다.

물론 일단 경험하면 빠질 수밖에 없지만 말이다.

아무튼 40도 전후의 온탕에 몸을 담그고 땀을 빼고 냉탕에 들어갔다 나오면 개운할 수밖에 없었다. 몸에 쌓인 노폐물과 피로물질이 배출되니 당연한 일이다.

미네랄 등 다양한 물질이 녹아 있는 온천수는 몸, 특히 피부 건강에 도움을 주기 때문에 다들 매끈해진 피부 상태에 만족했다.

　무엇보다 온탕 밖으로 나와 의자에서 앉거나 누우면 유칼립투스 나무 사이로 불어오는 살랑바람이 땀을 식혀 주는데 그 감각이 생소하면서도 사람의 마음과 정신을 풀어 주었다.

　'자세히 보니 이곳 주위의 나무는 그곳의 유칼립투스가 아니네.'

　일견 비슷해 보였지만 자세히 보니 다른 종이었다. 물론 벌레가 전혀 보이지 않는 것으로 봐서는 유칼립투스 나무는 맞는 것 같았지만 말이다.

　사람들은 가온이 말한 대로 탕에서 5분 정도 몸을 담그고 땀을 뺀 후 냉탕에 들어가거나 찬물이 싫은 경우에는 탕 밖에서 10분 정도 바람을 맞으며 달궈진 몸을 식히는 방식으로 온천욕을 즐겼다.

　음식은 온천을 관리하는 측에서 무상으로 제공했고 술은 일행이 가지고 있는 양이 충분하니 그야말로 제대로 휴양을 즐길 수 있는 시간이었다.

두 번째 예지몽

저녁 식사 후 스승인 나크 훈이 독대를 요청했다.

"잠깐 걸을까?"

"네, 스승님."

토레토에는 스무 개의 온탕이 있었는데 각각의 온탕 사이에는 거리가 꽤 있어 외곽을 연결하면 훌륭한 산책로가 되었다.

구간마다 종류가 다른 유칼립투스 나무들로 이루어진 산책길은 완만한 고갯길이 끼어 있어서 사색하며 걷는 즐거움을 만끽할 수 있도록 조성되었다.

"일단 고맙구나."

"뭐가 말입니까?"

"은퇴를 했지만 뭘 하고 살지 고민이 많았는데 네 덕분에 현역일 때보다 더 활기차게 살고 있지 않느냐."

"그렇게 생각하신다면 정말 다행입니다. 그리고 제가 아니더라도 스승님의 향상심은 제자리에 머물지 않도록 만들었을 겁니다."

"그건 잘 모르겠지만, 네 덕분에 한 검파의 종주로서 막중한 책임감을 느끼고 있다."

의뢰 때문에 바쁘게 돌아다녔던 가온과 달리 나크 훈은 고우트 백작 일행과 함께 지내면서 자신이 생각하는 것 이상으로 철월검류의 이름이 널리 알려졌다는 사실을 알게 되었다.

이전까지만 해도 온 클랜을 용병 단체로 보는 이들이 태반이었는데, 점보 던전에서 의뢰를 연속해서 성공시킴으로써 온 클랜의 명성이 높아졌고, 그 와중에 철월검류의 명성 역시 높아진 것이다.

원래 나크 훈은 차원을 건너갈 생각이었다. 자신의 실력을 향상시키고 싶다는 생각도 있었지만, 그보다는 자신이 잇기는 했지만 철월검류에 대해서 뭔가 완성을 시키고 싶었던 욕구가 더 컸다.

그런데 차원을 건너갔던 이들의 숫자가 단기간에 크게 늘어나면서 간과했던 위험성이 두드러지게 나타났다.

영원히 돌아오지 않는 이들이 속출한 것이다.

간혹 차원을 건너가서 초월적인 존재와 계약을 하거나 도움을 받았다는 이들의 얘기도 들렸지만 그곳에서 해야 하는 일이나 보상은 좀 실망스러웠다.

명예 포인트를 획득하는 것이나 갓상점 시스템은 이곳에서도 얼마든지 가능한 일이다.

'보상이 이곳에 비해 크기는 하지만 굳이 차원까지 건너갈 필요는 없지.'

나크 훈이 원하는 두 가지 중에서 무게를 따진다면 자신이 이은 철월검류의 완성이 더 중요했다.

'비록 제자 덕분에 소드마스터에 입문했지만 나이도 있고 내가 가진 재능이나 능력으로는 더 높이 올라가기는 힘들어.'

하루가 다르게 강해지는 제자이자 스승인 가온을 지켜보면서 자신의 한계를 실감한 순간 나크 훈의 생각은 바뀌었다.

'이제 제자를 가르치면서 철월검류를 최대한 완성하자.'

그런 결정에는 그의 성향도 크게 관여했다.

원래 나크 훈의 능력은 가르침에 특화되어 있었다.

예전에도 기사들을 대상으로 한 교관으로 명성이 자자했던 그였다.

거기에 짧은 시간이었지만 퍼슨 부자나 랄프 그리고 다른 제자들이 그의 가르침을 발판으로 빠르게 성장하고 있었다.

나크 훈은 그런 제자들의 가파른 실력 상승에 강한 성취감을 느꼈다.

그런 모습을 보면서 다른 욕심이 생겼다. 더 많은 제자를 받아들여서 철월검류의 우수함을 세상에 널리 알리고 싶다는 욕심이었다.

  나크 훈은 담담한 얼굴로 자신의 결정과 그 배경을 상세히 말해 주었다.

  "하면 당분간 활동을 멈춰야겠군요."

  "그건 아니고 서너 달 정도 상위 던전을 돌거나 상급 마수나 몬스터를 토벌하면서 철월검류의 실전성을 더 확인해 봐야 한다. 그 후에 적당한 곳에 자리를 잡고 본격적으로 철월검류를 함께 수련할 생각이다. 제자들도 더 받아들이고."

  "고문들과는 얘기를 해 보셨습니까?"

  "일부만. 일단 제어컨 형님과 반 그리고 미노스는 나와 함께할 것 같구나. 제자들에게는 아직 얘기를 하지 않았고."

  제어컨은 나크 훈과 비슷하게 자신의 한계를 실감했고 반과 미노스의 경우에는 자신이 익힌 것들에 대한 깊은 사색의 시간이 필요하다고 인정했다.

  다른 두 고문인 타가트와 애런은 붉은 곰 용병단을 은퇴할 생각을 굳혔던 만큼 대세에 따를 것이다.

  "저는 찬성입니다. 실전만으로 실력이 올라가는 건 아니니까요. 제자를 양성하는 것이 아니더라도 자신이 익힌 것을 객관적인 시각으로 연구하고 발전시킬 수 있는 방법을 생각해 보는 시간도 필요합니다."

자신처럼 플레이어라면 모르겠지만 탄 차원인이라면 그런 시간이 반드시 필요했다.

가온의 대답에 나크 훈은 만족했는지 환하게 웃었다.

"하하하! 역시 너는 내 생각보다 앞서가는구나. 그리고 의논하고 싶은 게 하나 더 있다."

"말씀하십시오."

"네 생각에 검술관을 어디에 마련했으면 좋겠느냐?"

"이제부터 생각을 해 봐야 하겠지만 귀족이나 영주의 권위가 약하고 무력을 숭상하는 풍조가 강한 이곳 툴람이 좋지 않을까 싶습니다."

많은 대원들이 아그레시아 왕국 출신이기는 하지만 그곳보다는 툴람 왕국이 나았다.

"흐음. 미노스의 생각과 일치하는구나. 좋아! 그럼 그건 결정되었고, 너는 앞으로 어떻게 할 생각이냐?"

"툴람의 던전은 스승님이나 고문님들이 계시니 저는 혼자 혹은 몇 명만 데리고 다른 국가의 상급 던전을 공략할 생각입니다. 가능하면 의뢰를 받아서 수행하는 방식으로요."

따로 움직일 대원들이 걱정은 되지만 언제까지 보살필 수도 없는 일이니 고문들이 함께할 때 충분한 실전을 치르도록 해야 했다.

"그래. 그것도 좋겠지. 이제 다른 대원들도 스스로를 지킬 역량은 되니까."

그렇게 말하는 나크 훈의 얼굴에는 후련함이 가득했다. 그
동안 고민하던 문제들이 모두 해결된 것이다.

다시 숙소로 돌아가는 사제의 발걸음은 무척 가벼웠다.

온 클랜원들은 토레토 온천에서 수련을 최소화한 상태로
며칠 동안 푹 쉬었다.

툴람 왕실에서 꼭꼭 숨겨 두고 관리를 하는 온천답게 불과
이틀 만에 피부 상태가 확 개선되었다.

여자 대원들은 물론 평소에 피부 관리를 거의 하지 못해서
피부 상태가 좋지 않았던 남자 대원들도 만족도가 엄청나게
높았다.

게다가 다양한 미네랄이 함유된 온천수는 대원들의 쌓인
심신의 피로를 싹 풀어 주었고 재충전시켜 주었다.

오랜 용병 생활을 했던 반이나 미노스 등은 물론이고 기사
로 활동했던 나크 훈이나 제어컨도 큰 만족감을 표시했다.

그도 그럴 것이 그들의 생활은 어떤 상황에서든 빠르게 반
응할 수 있도록 적당히 긴장하고 있어야 했기에 이렇게 완벽
하게 휴식을 한 경우는 거의 없었기 때문이다.

패터나 랄프와 같은 젊은 대원들은 벌써 몸이 근질거리는
지 다시 수련을 시작할 정도로 심신의 피로는 완벽하게 사라
졌다.

그렇게 한가롭게 휴가를 즐기면서도 대원들은 앞으로의

거취에 대해 진지하게 대화를 하고 고민했다.

일단 나크 훈이 말한 내용은 대원들에게 공유되었고 서너 달 동안 의뢰 형태로 던전을 공략하거나 사냥을 하는 것은 결정이 되었다.

문제는 그다음의 행보였다.

퍼슨과 마론 부부는 당분간 활동을 멈추고 한동안 휴식기를 가지고 싶다는 의견을 피력했다.

패터의 경우에는 샤나를 따라 루시아에서 한동안 지내고 싶다는 의견을 피력했고, 랄프 역시 라쟈의 설득 때문인지 같이 움직이고 싶다고 했다.

정착지에 대해서도 이견이 있었다.

나이아를 위시한 아그레시아 정보 길드 출신 대원들은 이미 상당한 공을 들여서 구축한 정보망이 아까워서라도 아그레시아의 수도에 정착했으면 하는 의견을 가지고 있었다.

그나마 다행한 건 그 외의 대원들은 특별한 의견이 없이 클랜의 결정을 따르겠다는 의사를 표명한 것이다.

"아직 시간이 있으니 일단 쉬면서 좀 더 고민해 봅시다."

가온은 일단 그렇게 그 문제를 봉합했지만 서너 달 후에는 어떤 식으로든 온 클랜을 다시 정비해야 한다는 사실을 각오했다.

그날 밤, 가온은 꿈을 꾸었다. 무척이나 길고 긴 꿈이었다.

잠에서 깬 가온은 한동안 움직이지 못했다. 왠지 몸도 머리도 움직여지지 않았던 것이다.

한참 지난 후에야 그의 눈에 초점이 돌아왔다.

'여긴?'

기기판 홀로그램이 보이는 것을 보니 벼리의 본체에 해당하는 캡슐 안이었다.

꿈을 꾸는 동안 자신도 모르게 어나더 문두스를 로그아웃한 모양이다.

-오빠, 괜찮아요?

마침 벼리의 의념이 들려왔다.

'응. 괜찮아.'

-지금 오빠 상태, 좀 이상해요.

'이상해?'

-네. 거의 10분 정도 계속해서 오빠에게 의념을 보냈는데 꼼짝도 하지 않았어요. 심지어 저자극이지만 전기 충격까지 가했는데도요.

'그랬어?'

-네. 오빠에게 무슨 안 좋은 일이 생긴 건지 두려웠단 말

이에요. 정말 괜찮은 거죠?

'응. 괜찮은 것 같아.'

몸도 마음대로 움직여지고 이젠 흐릿했던 머릿속도 맑아졌다.

'대체 무슨 일이 있었던 거지? 아! 예지몽이다!'

가온은 자신이 예지몽을 꾸었음을 이제야 깨닫고 습관처럼 목에 차고 있는 목걸이를 만졌다.

"어? 펜던트가 어디 갔지?"

너무 놀라 육성이 튀어나왔다.

—어멋! 그러고 보니 르테인 스톤이 사라졌네요.

벼리의 말에 가온은 새삼 르테인 스톤이 예지몽을 꾸게 만들어 준 동력원이라는 사실을 깨달았다.

'너무 긴 예지몽이었어.'

이전에 1년에 해당하는 예지몽을 꾸었을 때도 르테인 스톤이 눈에 띄게 크기가 줄어들었었다.

그러니 족히 수십 년 이상에 해당하는 예지몽을 꾸었다면 소멸되었다고 해도 이상하지 않았다.

—설마 또 예지몽을 꾼 거예요, 오빠?

'응. 예지몽 같아.'

예지몽을 꾼 지 벌써 1년 가까이 되어 갔다.

예지몽을 발판으로 벼리를 만났고. 결국 아무도 모르긴 하지만 최강의 히든 랭커가 되었다는 사실을 생각하면 예지몽은 그에게 굉장히 중요했다.

그런데 이상하고 안타까운 건 내용을 거의 기억하지 못한다는 점이다. 마치 짙은 안개가 낀 것처럼 단어나 사진에 가까운 단편적인 것들만 드문드문 스쳐 가듯 떠오른다.

그래도 굳이 떠올릴 수 있는 기억들을 모아 보면 세 종류였다.

일단 현실의 경우 던전, 매디, 마물 출현, 초랭커의 등장, 정령들, 완벽한 가상현실 세계 등의 단어와 그에 해당하는 장면들이 몇 컷 정도 떠올랐다.

탄 차원의 경우 투하란을 위시한 여인들, 루시아, 생명의 아공간, 온 클랜 등 몇 가지에 불과했다.

마지막은 라딕스였다.

'모든 차원의 상위 차원이 바로 라딕스라고 부르는 차원이야.'

심지어 지구의 지도자들에게 차원 융합의 위험을 알리고 대비할 수 있는 방책을 알려 준 아르테미인들이 사는 아르테미 차원 역시 라딕스의 하위 차원이었다.

다만 상위 차원이라고 해서 좀 더 발달한 문명을 가진 것은 아니었다. 말 그대로 뿌리처럼 모든 차원으로 분화하는 원 뿌리에 해당한다는 의미라는 것만 기억이 났다.

라딕스 차원의 경우 무유, 투하란, 천계, 마계, 백계, 무지개 스톤, 차원석, 르테인, 마왕, 음차원의 에너지와 양차원의 에너지, 데미갓, 신격, 소멸, 영원 등의 단어만이 기억났다.

더 많은 내용을 떠올리려고 안간힘을 썼지만 소용이 없었다. 예지몽을 떠올리려 하면 머릿속이 회색으로 변해 버린 것이다.

'왜 이렇게 기억이 흐릿한 거지?'

분명히 예지몽을 꾼 것은 맞는 것 같은데 내용이 너무 흐릿해서 미칠 것 같았다.

그나마 기억이 날 듯 안 날 듯 하는 것이 아니어서 일찌감치 포기할 수 있었다.

'시간이 지나면 뭔가 생각나겠지.'

─그런데 오빠, 몸에서 냄새가 많이 나요.

'헉!'

정말이다. 몸에 때가 덕지덕지 붙어 있었고 말로 형용하기 힘든 악취가 진동했다. 코가 썩는 것 같았다.

'혹시 바디 체인지?'

그건 알 수 없지만 일단 몸부터 씻어야만 했다.

가온은 서둘러 캡슐을 벗어났는데 묘하게 외모가 바뀌어 있었다.

다음 권으로 이어집니다

꿈의 도약, 로크에서 하십시오
(주)로크미디어에서 신인 작가를 모십니다

즐거운 세상, (주)로크미디어는 꿈을 사랑하고 도전을 두려워하지 않는 작가분들의 참신한 작품을 기다리고 있습니다. 21세기 장르 문학계를 이끌어 갈 차세대 선두 주자 (주)로크미디어에서 여러분의 나래를 활짝 펴 보시길 바랍니다.

모집 분야 판타지와 무협을 포함한 장르 문학
모집 대상 아마추어 작가, 인터넷 작가
모집 기한 수시 모집

작품 접수 시 유의 사항

1. 파일명은 작가명_작품명.hwp 형식을 갖춰 주십시오.
1. 파일에 들어갈 내용은 다음과 같습니다.
   - 성명(필명인 경우 실명을 밝혀 주세요), 연락처, 이메일 주소.
   - 제목, 기획 의도.
   - A4용지 1장 분량의 등장인물 소개.
   - A4용지 2장 분량의 전체 줄거리.
   - 본문.
1. 작품이 인터넷에 연재되고 있다면, 게시판명과 사이트의 구체적이고 정확한 주소를 기재해 주십시오.

선택된 작품은 정식 계약 후 출판물로 간행되어 전국 서점에 유통됩니다.
작가분은 (주)로크미디어의 전폭적인 지원하에 전속 작가로 활동하시게 됩니다.

※ 자세한 내용은 로크미디어 홈페이지(rokmedia.com)를 참조하세요.

(03920)서울시 마포구 성암로 330 DMC첨단산업센터 3층 318호
(주)로크미디어 편집부 신간 기획 담당자 앞
전화 : 02)3273-5135
www.rokmedia.com   이메일 : rokmedia@empas.com

만렙닥터

13월생 현대 판타지 장편소설

리턴즈

인생 2회 차 경력직 신입
칼솜씨도, 인성도 '만렙'인 의사가 돌아왔다!

만성 인력난에 시달리는 흉부외과에 들어온 인턴
메스도 잡아 본 적 없는 주제에
죽을 생명을 여럿 살려 내기 시작한다?

"이 새끼, 꼴통 맞네."
"죄송합니다."
"잘했어!"
"네?"

출세만을 좇으며 살았던 전생
이렇게 된 이상 인생도 재수술 한번 가자!

무데뽀(?) 정신으로 무장한 회귀 의사
이제부터 모든 상황은 내가 집도한다!

南魔宮帝 남궁마제

문운도 신무협 장편소설

**회귀한 뇌왕, 가족을 지키기 위해
정파의 중심에서 제대로 흑화하다!**

세상을 뒤집으려는 귀천성에 맞서 싸우다
가족을 모두 잃고 제물로 바쳐진 뇌왕 남궁진화
마지막 순간 원수의 뒤통수를 치고 죽으려 했으나
제물을 바치는 진법이 뒤틀리며 과거로 회귀하다!?

남궁세가의 양자가 된 어린 시절로 돌아온 후
귀천성이 노리는 자신의 체질을 연구하다 기연을 얻고
회귀 전과 다른 엄청난 미모와 함께
뇌전의 비밀마저 알아내 경지를 뛰어넘는데……

**가족들에게는 꽃처럼 사랑스러운 막내지만
적이라면 일단 패고 보는 패악질의 끝판왕!
귀천성 패려잡기에 나서다!**